COLLECTION FOLIO

Paule Constant

La bête à chagrin

Gallimard

Retrouvez Paule Constant sur son site internet :
www.pauleconstant.com

Paule Constant vit à Aix-en-Provence. Elle est professeur de littérature française, romancière et essayiste. Elle a déjà publié plusieurs romans, dont *White Spirit* (Folio n° 2364), Grand Prix du roman de l'Académie française en 1990 et *Confidence pour confidence*, prix Goncourt 1998 (Folio n° 3349). Son œuvre est traduite dans une vingtaine de pays.

Pour Jean-Loup Champion
Pour Gustav et Mathilde

1

— Vous racontez, dit la juge, que tout a commencé par un coup de sonnette.

Un coup de sonnette brutal, un son strident et métallique, beaucoup trop puissant dans la maison vide. Cathy relève son fer sur son socle et pose les mains bien à plat sur le linge qu'elle repasse, une couche de coton. Elle fait la morte. Un second coup de sonnette, plus long, plus fort, insistant, Cathy se met les mains sur les oreilles. La troisième fois, le visiteur ne relâche pas sa pression. Elle se déplace vers la fenêtre pour voir sans être vue. Ce n'est pas Tony. Alors elle s'active, dévale les escaliers, s'escrime sur la porte d'entrée, qu'elle a fermée à clé, l'ouvre, crie qu'elle arrive. Elle court dans l'allée et déverrouille le portail tout en s'excusant. « Oui, je suis là, oui, je viens. »

– Tu te barricades ! dit Jeff.

Elle lui répond, en évitant de le tutoyer, tout en refermant le portail derrière eux, qu'elle ne veut plus que son ex-mari passe quand ça lui chante et entre chez elle comme s'il était encore chez lui.

– Tu as bien raison, dit Jeff.

C'est Lili qui l'envoyait. Ils l'avaient trouvée trop malheureuse hier. Ils s'étaient dit qu'ils ne pouvaient pas la laisser comme ça, toute seule, se dépatouiller dans ces affaires.

Cathy fond en larmes, désolée, désorientée, abandonnée et, devant le portail, Jeff la prend dans ses bras, il la console, il la rassure. Il va s'occuper d'elle. Elle se souviendra toute sa vie de l'énorme poitrine contre laquelle elle a posé sa tête, des bras gigantesques qui l'entourent. Jeff est grand, il est fort, presque obèse. Elle se rappellera toujours le pull jacquard, un mélange de synthétique qui bouloche, et surtout l'odeur forte d'une sueur amère qu'elle ne trouve pas désagréable sur le moment, mais au contraire réconfortante, humaine – oh oui humaine –, rassurante.

— Vous êtes tout de suite dans ses bras, constata la juge, vous n'avez aucune réserve et, à ce que vous dites, plutôt de la sympathie, voire de l'attirance.

Bien sûr que non. En toute autre circonstance, Cathy n'aurait jamais approché Jeff. Dans l'entrée d'un parking, elle l'aurait même évité, avec sa calvitie dramatiquement compensée par une maigre queue de cheval, son pantalon de jogging distendu et poché et ses baskets sales. Elle s'en veut de juger les gens sur la mine. Comment deviner sous le physique ingrat du compagnon de sa meilleure amie – sa seule amie désormais – ce cœur gros comme ça ? Elle dit « ce cœur gros comme ça ».

Il examine le verrou du portail et lui fait remarquer que pour l'ouvrir il suffit de passer une main entre les barreaux et tirer la targette de l'intérieur. Elle l'écoute et son chagrin s'éloigne. Il lui explique qu'il lui faudrait une commande à distance comme pour un téléviseur, pas un truc mécanique, quelque chose qu'elle puisse actionner du premier étage sans avoir à descendre.

– C'est possible ? demande-t-elle.

– Bien sûr que c'est possible !

Il a travaillé dans une boîte d'électronique. Il viendra lui monter ça.

Puisque c'est possible, elle devient exigeante, elle voudrait une autre sonnerie. Celle-ci est trop forte.

– Désagréable, dit-elle en mettant les mains sur les oreilles.

– Oui, lui dit-il, une sonnerie avec un carillon.

Elle acquiesce, « un carillon d'autrefois ».

À partir du verrou du portail, elle a confiance. Elle passe en revue tout ce qui ne va plus dans la maison. Charge à lui de trouver une solution.

Il n'est pourtant pas entrepreneur mais revendeur d'autos accidentées, spécialiste de pièces détachées. Dans la casse de la colline on trouve sur une voiture en accordéon un carburateur neuf, un levier de vitesses compatible avec un modèle ancien... mais il sait tout faire, Lili l'affirme avec admiration, tout. Il a des mains en or. En remontant l'allée, il remarque des trous, des tassements.

– Il faudra remettre du gravier, pas du déchet industriel, des petits cailloux de la Durance, dit-il, et puis il s'arrête devant les deux platanes de la terrasse. Ils sont beaux, constate-t-il. Il n'y en pas beaucoup comme ça en ville. Ils ont quoi, quarante, cinquante ans ?

Elle réagit : Beaucoup plus ! Ils étaient déjà là du temps de ses arrière-grands-parents. Ils ont été plantés quand la maison a été construite.

Il ne relève pas, soulève l'écorce du bout de l'ongle.

– Tu as de la chance, ils n'ont pas le feu bactérien.

Elle ne savait pas que le feu bactérien atteignait les platanes, seulement les cyprès, noircis comme des torches brûlées, mais il existe une maladie des platanes. Dans la région, ils meurent les uns après les autres, peut-être le feu bactérien. Dans son malheur, elle ne se faisait pas de souci pour les platanes, si gros, si larges et si drus. La maladie possible, donc probable, l'accable. Si les platanes meurent, elle ne le supportera pas. Elle voit la terrasse amputée d'un platane, puis de l'autre. Elle ne le supporte pas.

– C'est une vraie maison, dit-il en contemplant la façade. Quand il n'y a pas de cave et pas de grenier, ce n'est pas une maison. Une villa peut-être, mais pas une maison.

Lili lui avait dit qu'elle était jolie mais il était loin de se douter qu'elle était aussi grande. Il apprécie. Elle a beaucoup de cachet. Il dit « elle a beaucoup de cachet ».

Cathy est confondue de gratitude, cet homme lourd, massif, à peine équarri, cette brute épaisse, est capable de ressentir des choses subtiles. Cela fait deux fois depuis qu'elle a ouvert le portail qu'il lui montre qu'il sait et qu'il sent les choses, deux fois qu'il trouve le mot juste pour le dire, enfin le mot qui la touche. Quand elle pousse la porte d'entrée, elle livre toute son intimité à un ami qui saura apprécier l'escalier de bois, les papiers peints désuets, les peintures fanées et même les étonnants carreaux de la cuisine, les carreaux de faïence, vert cru et jaune soleil, devant lesquels toutes les femmes de sa famille ont fait la cuisine, devant lesquels tous les enfants entre deux bouchées ont rêvé, un carreau vert, un carreau jaune, mais ici deux carreaux verts qui cassent l'alternance. Le carreau vert serait au cœur d'une fleur de carreaux jaunes... ou au contraire les fleurs de carreaux jaunes seraient dans une prairie de carreaux verts. Énigme irrésolue qui conduit au sommeil.

Il dit : « L'enfance ici, ce devait être le paradis. » C'est comme s'il lisait dans ses pensées et qu'il parlait avec ses mots à elle.

2

Les psychiatres parlent d'une enfance paradisiaque. Tout son bonheur, Cathy le fait remonter à son enfance. Et tous les témoignages le confirment, elle a été une petite fille heureuse, très entourée – mais pas étouffée – par des parents aimants et une nombreuse ascendance, à laquelle elle semble toujours très attachée. Scolarité sans histoire. Études normales. Après bac + 3, elle passe les concours de l'Assistance publique. Elle a d'abord désiré être infirmière, puis institutrice mais son succès à un concours administratif a décidé pour elle d'une intégration dans la territoriale. L'avantage évident de cette carrière de fonctionnaire, c'est qu'elle n'aura pas à quitter Palance ni même son quartier au moment où elle hérite la maison de la plage de ses grands-parents. Cathy ne regrette pas une autre carrière qu'elle aurait pu suivre si elle l'avait voulu. Avant que son mari la quitte, il ne semble pas qu'elle ait subi de coups durs, si ce n'est les épreuves habituelles de la vie ordinaire. La disparition de ses grands-parents et dernièrement la mort prématurée de son père ont affecté toute la famille et surtout changé le comportement de sa mère.

Dans un univers aussi lisse, aussi heureux, presque dépourvu d'histoires, la rupture avec son premier et seul amour, épousé dix-huit ans auparavant, a agi comme un drame violent, une dévastation au sens psychiatrique du terme. La patiente a vu son univers s'écrouler et elle a passé les mois qui ont suivi la séparation à errer dans les ruines d'une construction idéale de sa vie, incapable de tourner la page. Il est vrai que cette séparation s'est déroulée dans des circonstances particulièrement blessantes, en plein milieu de sa dernière grossesse.

C'est au moment où elle allait mettre au monde son deuxième enfant que son mari s'en va vivre avec Malou, sa collègue de travail au bureau du contentieux du Service des eaux, à qui il vient de faire aussi un enfant. Tony a donc été père de deux petits garçons à trois mois d'intervalle. Circonstance aggravante et non négligeable dans le cas présent, l'enfant de la maîtresse, né avant le sien, enlève à Cathy une sorte de priorité. Fort de son diplôme de médecine tropicale, le psy qui rédige le rapport extrapole. Il signale qu'en Afrique, dans les situations de polygamie, l'enfant qui naît le premier joue le rôle de référent pour le reste de la fratrie. Il semble qu'à cet exemple Cathy ait trouvé son fils plus faible, plus débile que celui de sa rivale. Elle a perdu confiance. Elle s'est trouvée plongée dans un dénigrement de soi qui s'est doublé d'une crainte permanente, quasi phobique, quant à l'état de santé de l'enfant, sur lequel elle reporte ses fantasmes de mort.

En plus de cette paranoïa latente mais parfaitement explicable pour ne pas dire excusable vu les circonstances, les psychiatres relèvent chez la patiente une certaine psychorigidité. Le sens du devoir poussé jusqu'à l'abnégation, presque au sacrifice, compensé par une intense satisfaction à bien faire et à se voir reconnue. Elle est très sensible à l'image qu'elle donne, la voulant seulement cohérente avec ce qu'elle est. Cathy a été une petite fille parfaite, une écolière modèle, une épouse amoureuse, une mère dévouée. Professionnellement, elle a gravi sans faillir tous les échelons de la fonction publique et elle est actuellement chef de service. On peut parler d'une vie exemplaire.

Les psychiatres trouveront aussi qu'elle est attachée aux choses matérielles, mais surtout à la maison de la plage, lieu de refuge par excellence, et à tous les objets qui s'y trouvent. Elle ne veut pas qu'ils soient dispersés, elle ne veut même pas qu'ils soient dérangés. Chaque pièce a une affectation et elle l'a gardée, avec les meubles d'origine et les bibelots sur les meubles et les tableaux aux murs. Elle n'a pas voulu que Tony installe une chaîne hifi au salon et s'il y a une télévision, c'est encore celle que ses grands-parents avaient achetée. Depuis leur mort, rien n'a bougé. Tony a dû entreposer ses affaires, ordinateur, imprimante et tous ses trucs dehors, dans le kiosque, enfin la cabane du jardin, avec son matériel de pêche sous-marine et de pêche au gros, un énorme bric-à-brac de sportif à peine toléré.

Il plaisantait : « Je n'habite pas chez moi, mais dans la maison des grands-parents décédés. Je n'ai pas de chambre, mais j'ai le droit de rejoindre Cathy dans sa chambre de jeune fille à condition de ne pas faire craquer l'escalier pour ne pas réveiller les morts. » Il se plaignait : « Je suis le roi de la climatisation réversible, j'ai vendu des climatiseurs à tous les voisins mais chez moi, l'été, je ferme les volets et, l'hiver, j'actionne la chaudière à charbon. C'est comme ça, que voulez-vous ! »

Il dit aussi, et cela ne reste pas lettre morte, il y aura des témoins pour s'en souvenir, qu'elle ne jette rien, garde tout et que pendant dix-huit ans elle a laissé les vêtements de ses grands-parents dans les penderies. Comme il n'était pas question d'ajouter un seul placard, ils ont vécu dans la grande maison en proie au manque de place chronique. « Finalement, disait-il en riant, mes affaires n'étaient jamais mieux rangées que lorsqu'elles se trouvaient dans le panier à linge sale ou dans la machine à laver. Dès que le linge était propre, il se baladait de pièce en pièce jusqu'à ce qu'on constate qu'il n'y avait pas de place. Mes chemises, je les ai récupérées plus souvent sur la table de repassage que dans le tiroir d'une commode. Organisée comme elle l'est, Cathy n'a jamais imaginé d'autre solution que cette pièce appelée buanderie, où s'entassaient le propre comme le sale. Dans la maison, nous n'avons eu en commun que la buanderie ! »

3

– Où est le bébé ? demande Jeff.

Cathy fait un geste, elle désigne le haut de l'escalier. Il veut le voir. Ils montent doucement. Elle ouvre la porte de la buanderie, il y a une machine à laver, des étendoirs, une table de repassage avec un fer. Un fauteuil qui déborde de linge propre. Et, dans une corbeille à linge, un bébé couché sur le ventre, la tête sur une couche blanche pliée en deux.

– Il est si petit ! s'émeut Jeff.

– Il ne pousse pas bien, il n'a toujours pas rattrapé son retard, dit Cathy, désolée.

– Il ne faut pas le coucher sur le ventre, dit Jeff. Tu n'as jamais entendu parler de la mort subite du nourrisson ?

Son premier, elle le couchait comme ça. La sage-femme lui avait montré.

– Mais depuis, proteste Jeff, on a évolué. C'était une très mauvaise position, responsable d'un nombre considérable de décès.

Cathy se sent une mauvaise mère. Dans la buanderie, elle voit son bébé mort. Elle ferme les yeux. Elle est désolée.

– C'est un garçon ? demande Jeff.

Cathy acquiesce.

– Et il s'appelle ? demande Jeff.

Cathy a un blanc. Elle se rappelle :

– Camille.

– Un garçon ! s'étonne Jeff.

– Camille-Angelo, précise Cathy.

Il devait s'appeler Angelo, Angelo tout court. Cela faisait un moment que Tony voulait un autre enfant. S'il ne s'était agi que de lui, Angelo serait venu juste après Olivier. Mais chaque fois il y avait eu une bonne raison pour remettre une grossesse qu'ils désiraient l'un et l'autre et dont elle ne trouvait jamais le moment adéquat, l'année du concours administratif, l'année de l'installation dans la maison, sa prise de fonction à lui dans sa boîte de climatisation, l'accident cardiaque de son père à elle. Jusqu'au jour où l'âge a commandé : à trente-huit ans, il fallait se décider...

— Pourquoi, demanda la juge, parce que vous aviez droit à l'amniocentèse ?

L'avocat de Cathy marqua sa surprise. Il ne comprenait pas l'interruption de la juge. Cette intrusion dans une histoire où elle devait rester neutre l'inquiétait. Premier signe d'agressivité ?

Pas une réprobation légale mais une trace, un soupçon de rivalité. Un désir enfoui de maternité ? La juge se mettait à la place de l'accusée, elle refaisait contre elle le chemin vers le crime.

— Il y a bien eu amniocentèse, répondit l'avocat à la place de sa cliente, et ça n'implique pas forcément une volonté d'avorter.

— Cela ne l'écarte pas non plus. Et c'en est même la meilleure des préparations...

Ils s'affrontaient, question, réponse, comme ils n'auraient jamais dû le faire ici, dans ce bureau. Sans tenir compte de Cathy, qui poursuivait comme si elle n'avait pas compris ce qui se jouait.

... et voilà qu'elle avait été devancée de trois mois par l'autre, la rivale, qui avait mis au monde dans la même clinique un petit garçon. Angelo, ce n'était pas le sien, c'était celui de Malou. Le sien, elle ne sait plus comment l'appeler. À la clinique, elle est devant la couveuse avec un vide de nom dans la tête. C'est Angelo qui est dans la couveuse, mais elle ne peut pas l'appeler Angelo. Il est le fils de Tony, mais Angelo, il ne peut pas l'être. C'est sa propre mère qui a trouvé Camille, avec deux *l*, comme pour la consoler, un prénom choisi entre deux portes, parce qu'il faut bien le déclarer.

– C'est joli. Elle l'affirme. Tu es d'accord ? Ce n'est même pas une question.

– Oui, c'est joli, mais elle n'a jamais pensé à

Camille, tandis qu'Angelo elle s'y prépare depuis des années.

En ouvrant le livret de famille, elle constate que sa mère a inscrit le bébé sous le nom de Camille (inconnu)-Angelo (deux)-Henri (son grand-père). Elle « le bébé ».

Soudain elle a un doute.

– Mais Camille c'est un nom de fille !

– De fille !

Sa mère n'y a jamais songé. Pour elle, Camille est évidemment un nom de garçon. Elle décide, « c'est l'un ou l'autre ».

– « L'un ou l'autre », comme elle y va ! Par sa faute, toute sa vie le bébé sera « l'un ou l'autre ».

Alors Cathy dit : Camille, un blanc, Angelo. Et ce qu'elle a voulu éviter se produit. Dans l'esprit des gens, il y a deux Angelo, l'autre et le sien, l'illégitime et le légitime, mais contrairement à ce qu'on lui doit – oui, ce qu'on lui doit – c'est l'illégitime qui triomphe. Il est né à 3,650 kg, le sien à 2,400 kg. À la naissance, on mettait déjà au bâtard du trois mois et fort de sa différence d'âge il caracole en tête. Il doit se tenir assis alors que le sien est tout transparent, tout fragile, pour ne pas dire débile, sans compter la mort subite du nourrisson qui plane maintenant au-dessus de sa tête, car nourrisson il l'est plus que l'autre, que sa mère habille en garçon, qui a déjà des dents, une petite auto rouge et un solide appétit de vivre. Les enfants de l'amour, disent les gens, ont plus de force et plus de vitalité que les autres.

Cathy est persuadée que son bébé s'est arrêté de grandir dans son ventre quand elle a appris l'existence de l'autre et tout ce qui va avec la tromperie de son mari, son départ, son installation avec sa concubine. Au tout début elle s'était réjouie de la grossesse de Malou. Elles avaient le même âge, elles avaient fait les mêmes études, elles travaillaient dans le même bureau. À la naissance d'Angelo le bâtard, son ventre s'est resserré sur son propre bébé jusqu'à l'étouffer. Il aurait fallu alors que toute la société tourne le dos à Malou et remette Tony dans le droit chemin. Il aurait fallu qu'Angelo ne s'appelle pas Angelo. Mais au contraire il lui semblait que le couple illégitime était plébiscité et la tromperie de Tony justifiée, non seulement par les attraits supérieurs de Malou, mais aussi par les défauts rédhibitoires qu'elle ne soupçonnait pas avoir. Et tout le monde mettait un malin plaisir à lui donner des nouvelles de la croissance d'Angelo, indécent témoignage d'amour qui prospérait avec le bonheur de ses parents. C'est comme s'il tirait sa force vitale du sien et que, comme chez les jumeaux, un bébé profitait au détriment de l'autre. Il lui était arrivé de penser qu'Angelo suçait le sang de Camille-Angelo.

Jeff a pris le nourrisson dans ses mains. Cathy voit les pognes du type et son bébé si petit. Elle a peur. Mais le geste est délicat. Il le pose sur le dos, tourne la tête sur le côté, roule un lange pour le maintenir. Lili a raison quand elle dit qu'il adore les enfants. Il vient de sauver le bébé.

4

Dans le rapport d'expertise posé sur le bureau de la juge, les psychiatres insistent sur le fait que Cathy ne trouve autour d'elle, à tort ou à raison, qu'injustice et défaillance. Elle met surtout en cause sa mère, dont pas l'ombre d'un nuage ne l'a jamais séparée. Mais une mère qui s'agace qu'elle « ne reprenne pas le dessus », qui l'engage à « se secouer » alors qu'elle s'enfonce dans le marasme. Cathy aurait voulu que sa mère parle des événements comme d'un cataclysme, ce qu'elle ressent, et non qu'elle l'encourage à faire face. Face à quoi ? À ce paysage dévasté par la tempête, les arbres arrachés et les bateaux sur le toit des maisons. Elle aurait voulu que sa mère et ses enfants disparaissent avec elle dans le cyclone, que personne ne survive à la catastrophe. Ce que les gens et particulièrement sa mère ne semblaient pas comprendre en réduisant l'horrible avalanche de glace, de neige et de boue qui l'avait ensevelie à « un divorce parmi d'autres », comme dans deux couples sur trois à Paris, un sur cinq en province, c'était que cela les concernait tous et que le sens du monde commun en était profondément affecté.

Sa mère avait décidé de penser que ce qui était arrivé n'était pas grand-chose. Elle utilisait l'expression « c'est dommage », que Cathy trouvait ridiculement insuffisante. Sa mère pensait que la vie continuait et elle ne supportait pas que sa fille s'ensevelisse, à trente-huit ans, dans un deuil qui consumerait ses meilleures années. Elle disait à sa fille, adulte, ce qu'elle lui aurait dit adolescente, que les chagrins d'amour passent et que plus ils passent vite, moins on perd de temps.

Cathy avait expliqué aux psychiatres à quel point la trivialité de sa mère l'avait surprise, et ses initiatives aussi. La fixation de Cathy sur le choix du prénom était révélatrice. Sa mère, donc, avait donné au bébé le premier prénom qui lui passait par la tête, sans imaginer les conséquences, alors que Cathy avait pendant des années forgé le prénom d'Angelo, conçu lettre à lettre, essayé, reconnu quand elle le voyait, rarement, apparaître. Angelo était né dans la tête de Cathy bien longtemps avant de pousser dans son ventre, et, quand elle allait le mettre au monde, on le lui volait.

Après une énième discussion sur la substitution de Camille à Angelo, après lui avoir durement rappelé que le bébé n'avait pas de prénom au bout de trois jours et que quelqu'un devait bien se décider à lui en donner un, sa mère s'était brutalement dégagée de ses responsabilités. Dans le style : « Qu'est-ce que ça peut faire, un prénom ? De toute façon on ne donne jamais que des surnoms. Est-ce que quelqu'un t'a jamais appelée Catherine ? Et Tony, Antoine ? Et puis vous n'avez qu'à régler cela entre vous, j'ai fait ce que j'ai pu, j'ai cru bien faire, et voilà qu'on me reproche mon initiative. J'ai compris la leçon, ce n'est pas mon enfant, c'est le tien, désormais tu t'en occupes, ne me demande pas de conseils. Je ne veux plus en entendre parler. »

Renvoyée à Tony, Cathy se rappelait leur première rencontre, une des premières, après la naissance du bébé. Elle l'avait attaqué bille en tête, elle ne pensait qu'à ça, il avait donné le prénom de leur enfant à celui de l'autre, la contraignant, elle, à un pis-aller. Il s'était excusé maladroitement. Il aimait ce prénom, Malou l'avait tout de suite adopté, ils l'avaient donné à leur enfant sans penser à mal.

Est-ce que personne ne pensait à mal dans cette affaire ? Angelo, c'était à elle. Elle l'avait inventé.

Tony s'était moqué :

– Allons, tu n'as pas inventé Angelo. Mon

grand-père s'appelait Angelo. C'est un prénom qui est dans ma famille depuis toujours.

Et puis, il devenait conciliant, ça ne l'empêchait pas de le donner à leur enfant – ce qu'elle avait d'ailleurs fait en le mettant en deuxième prénom. Il trouvait original l'idée de deux frères de deux lits différents, portant le même prénom. Il avait dit « original ».

Les psychiatres ont noté que de tout son entourage c'est Tony qui la déçoit le plus. En plus d'être un mari infidèle qui la trompe avec comme on dit sa « meilleure amie », il réduit à rien la gravité de la situation. De même qu'elle est une épouse bafouée, son chagrin lui aussi est bafoué et elle ne peut compenser ses humiliations par la reconnaissance d'une situation exceptionnelle. On la prive de la tragédie par laquelle elle aurait pu se reconstruire. Elle explique aux psychiatres que Tony est toujours le même et qu'il ne se ressemble plus. Elle croyait tout savoir de lui et elle se rend compte qu'elle est en face d'un imbécile qui raisonne bêtement. Il ne peut pas comprendre ce qui se passe dans son cœur et dans sa tête. Elle lui dit :

– Tu ne peux pas comprendre.

– Si tu communiquais un peu plus, je saurais ce que tu penses. Comment veux-tu que je sache ce que tu ne dis pas ?

Il lui expliquait que les deux Angelo auraient à vivre ensemble, qu'ils étaient frères, qu'ils portaient le même nom, pourquoi pas le même prénom, qu'ils fréquenteraient les mêmes écoles, et que lui, Tony, ne ferait pas de différence. Il ne savait pas encore s'il épouserait Malou : « À quoi bon le mariage ! » – il réduisait à rien ou à pas grand-chose ce qu'ils avaient construit ensemble – et par là même s'il divorcerait de Cathy. Bien sûr, si elle voulait refaire sa vie, il la libérerait mais, en attendant, statu quo. On règle les problèmes, pas de vagues. Il faut prendre la situation pour ce qu'elle est, « originale », et il glisse « marrante ». Et comme elle fait une tête terrible, il reprend son sérieux.

– L'enfant de Malou, c'est un accident. Alors quoi ? Avorter ? Tu ne l'aurais pas voulu. Alors ?

Alors, elle apprend qu'il lui a fait Camille en compensation en quelque sorte, pour qu'elle ne soit pas frustrée. Quelle délicatesse !

Pour reprendre pied, elle a besoin de la loi, pas celle de sa mère, de son mari, la vraie, celle de la justice. Elle dit divorce, avocat, pension alimentaire. Il dit pêche au gros, vacances au Club à cause du mini-club. Elle demande une séparation de biens et de corps. Il lui répond qu'il faut être « moderne ». Il ne la laissera pas tomber, il n'abandonnera personne, il a besoin de voir ses fils. Il dit « mes fils » avec fierté. Non, il ne voit pas de différence.

Elle évoque la situation intenable au bureau du contentieux quand elle a appris que Malou attendait un enfant de lui. L'impossible face-à-face avec celle qui travaille à côté d'elle et dont il faut traverser le bureau pour gagner le sien. Situation provisoirement résolue par le congé de maternité de Malou. Là, Tony a sa réponse, il reprend le dessus. Il a pensé à la question, Malou n'avait pas plus envie qu'elle de se retrouver chaque jour dans les mêmes locaux. Alors Malou démissionne et il la prend avec lui dans la société de climatisation. Pour la com !

5

Quand pour son avocat Cathy retraçait l'organisation de sa vie, elle parlait essentiellement du bureau du contentieux du Service des eaux. Elle évoquait une ancienne bastide de Palance, à dix minutes à peine de chez elle, dont la ville de Marseille avait fait le siège de son annexe administrative : le rez-de-chaussée, avec l'aimable concierge qui épuisait toute son activité dans le seul tri du courrier, qu'elle montait à dix heures et qui décourageait tout service supplémentaire par un sourire las, l'escalier de fer forgé et ses tomettes anciennes toujours plus ou moins démantibulées – cause principale des accidents du travail statistiquement plus nombreux que dans les autres immeubles administratifs –, la grande porte peinte en « terre de Provence », deux tons ocre-rose de la direction. Il y avait dans la première pièce le responsable juridique du contentieux, un énorme crapaud beige qui gardait l'entrée derrière son bureau, où s'arrêtaient la plupart des visiteurs. Dans l'angle gauche, le bureau d'une stagiaire interchangeable puis dans l'enfilade, face à la porte, devant une glace monumentale encadrée elle aussi des deux ocre-rose « terre de Provence », tout l'attirail de Malou.

Contrairement aux fonctionnaires américains, dont toute la vie publique, toute l'exploitation de l'espace tient dans un simple carton qu'ils portent eux-mêmes quand ils s'en vont, l'étalement des employés du bureau du contentieux, le marquage de leur territoire, était frappant. L'enracinement spatial de Malou, l'organisation de son lieu de travail, la décoration intempestive qu'elle faisait subir à un espace commun, le débordement du privé sur le public dépassaient tout ce que l'on peut connaître en la matière. Non seulement elle avait installé son bureau au milieu de la pièce, dos à la cheminée de marbre, près d'une grande fenêtre, mais elle avait investi la glace monumentale en glissant dans le cadre des cartes postales puis en collant à même la glace les dessins de ses enfants, elle en avait déjà deux, toute une production infantile qui clamait l'amour qu'ils portaient à leur maman, les vœux dont ils accompagnaient les moindres instants de sa vie. Le visiteur qui prenait place en face de Malou s'adressait donc non pas à une simple secrétaire de direction mais à la plus jolie maman du monde, ce qui, paraît-il, détendait l'atmosphère.

Le dessus de la cheminée, un marbre rare, trois couleurs, venu d'une carrière épuisée de la Sainte-Victoire, exposait des portraits de famille, les enfants, à tous les âges et aussi leur papa, Franck, sportif épanoui, que l'objectif avait saisi à l'instant pile de la performance, en surf dans la boucle d'une vague énorme, en planche à voile lancé dans les airs à la vitesse du vent, au vtt, au ski, où il entraînait sa famille dans un enchantement collectif. Non seulement ils étaient tous de fameux compétiteurs mais ils passaient leur temps à rire, à sortir, en un mot, celui d'ailleurs que prononçait Malou pour un oui pour un non, à « s'éclater ».

Le bureau lui-même était encore le réceptacle de photos, de souvenirs, de drapeaux, d'objets, tous hétéroclites, qui l'avaient amusée, mais dont les visiteurs ne pouvaient deviner pourquoi ils se trouvaient dans un service de contentieux. L'ordinateur servait d'étagère supplémentaire où Malou avait posé les figurines de plastique des joueurs de l'OM d'une époque assez ancienne puisqu'ils associaient Papin à leurs exploits. Sur les côtés, elle avait posé des autocollants de marques de sport. Et quand elle l'ouvrait, au lieu de l'écran de poissons que l'administration avait choisi comme le plus apte à calmer les nerfs de ses fonctionnaires, s'animait l'échographie d'un fœtus qui se tordait de rire.

Comme l'avocat demandait à Cathy de préciser la personnalité de Malou, non à la lumière des événements survenus, mais depuis qu'elle la connaissait, pendant leurs études à Aix et surtout durant la dizaine d'années de leur collaboration quotidienne, Cathy la décrivit pétillante et dynamique, toujours en rires et en éclats. Agréable, avec un stock d'histoires qui lui faisait penser qu'elle ne savait pas voir, regarder le monde et qu'elle ne vivait pas comme l'on devait vivre. Malou était aux antipodes dans sa façon de se nourrir, de se vêtir, de se coiffer. Pourtant, pour rien au monde Cathy n'aurait changé de vie. Elle n'enviait pas les soirées karaoké, l'achat d'un 4x4, les coiffures ravagées, une fois les cheveux rouge cerise, une fois la tête rasée. Ni l'incroyable circuit de clubs de vacances par lesquels Malou et sa famille passaient dans une année, tout ce que le monde peut bétonner de murailles sur des océans morts. Alors que l'exotisme de Cathy consistait en l'achat sporadique de *Géo* pour Olivier.

Malou la distrayait et la rassurait. Une personnalité si opposée à la sienne n'était pas obstacle à un échange quotidien, au contraire. Dans bien des occasions, Malou l'avait fait évoluer. La plupart du temps elle sortait confortée de ce qu'elle était par la seule présence de cette fille aux talons trop hauts ou trop plats, aux corsaires trop serrés, aux yeux trop maquillés, qui riait aux éclats dans la pièce à côté. En fait Malou était le miroir à l'image inversée qui lui disait en bout de course qu'elle était bien habillée, bien coiffée, qu'elle se tenait bien. Plus Malou était exubérante, plus elle se taisait. Plus Malou s'affichait, plus elle restait discrète.

Au travail, Malou la complétait. Elle interceptait la plupart des coups de téléphone, assumait des liens affectueux et chaleureux avec les membres de la direction générale et résolvait en un tour de main et un éclat de rire la majorité des problèmes. Elle disait qu'elle était la reine de la com. Parce que, dans le bureau de la direction, il n'y en avait pas beaucoup ! Suivez mon regard. Elles avaient vécu un temps incroyable l'une près de l'autre, s'épaulant depuis l'apparition de Malou au bureau de la stagiaire alors que Cathy occupait celui de Malou, puis, par un jeu de chaises musicales bien agencé, Malou au fauteuil de Cathy alors que Cathy prenait le bureau de la direction.

6

Quand elle entrait dans le Service du contentieux, Cathy embrassait le crapaud, la stagiaire, et Malou. Au fil du temps, la vie de bureau s'était resserrée, ce qui avait obligé les protagonistes à un impitoyable tutoiement fraternel puis ces dernières années en rendant chaque matin la bise sur les deux joues indispensable. Le tutoiement et les baisers n'étaient pas des signes d'amitié, loin de là, mais leur non-exécution aurait constitué une véritable déclaration de guerre. Empêtrée dans le tutoiement, Cathy se dégageait quelquefois de l'embrassade par l'excuse d'un rhume, d'une grippe que soi-disant elle ne voulait pas refiler. S'écoulaient alors quelques jours rares sans attouchements, où le vernis délicat qui enrobait sa personne se reformait comme un givre autour d'elle.

Embrasser le crapaud lui était odieux, elle avait chaque fois un haut-le-cœur. Elle voyait bien que dans l'impatience d'une métamorphose désespérée le crapaud attendait qu'elle se penche au-dessus de son bureau, avance son visage, frôle sa joue. Alors dans un brusque mouvement, comme on happe, il lui flanquait une bise appuyée sur l'autre joue. Cathy était écœurée à l'idée que la bouche humide dont elle gardait jusqu'à son bureau la trace sur sa joue avant de l'essuyer, la porte refermée, pût par inadvertance prendre ses lèvres.

La fusion bureaucratique envahissait une autre forme d'intimité, le corps, par l'intermédiaire de maladies occasionnelles qui concentraient sur le patient la sollicitude de ses collègues, les prises de position sur la thérapeutique suivie, les exemples choisis dans leur entourage. Ils insistaient pour que le malade, qui ne se sentait pas si malade, prenne un congé maladie que personne ne trouverait, du moins dans ce bureau-ci, choquant. Mais la même compassion se reportait, Cathy l'avait remarqué, sur les dysfonctionnements chroniques d'un organe ou d'un tempérament. Au bout de tant d'années de cohabitation, Cathy savait tout sur la longueur exceptionnelle de l'intestin du crapaud, qui expliquait ses digestions si longues qu'il rejetait à la fin de la semaine les aliments qu'il avait ingérés au début de la précédente. Il disait en montrant son ventre sphérique : « Ça ne passe pas. »

Par bonheur Cathy avait à lui opposer une

nature migraineuse. Une certaine pâleur, un mutisme plus accentué que d'habitude, une plissure des yeux quand on lui parlait et, par le téléphone intérieur, la concierge prévenait le bureau de la migraine de Cathy, si bien que Cathy traversait une pièce silencieuse, où chacun à son poste prenait une mine désolée. « Ça ne va pas ? » s'inquiétait Malou. Cathy faisait non de la tête. « C'est plus douloureux que la dernière fois ? » demandait la stagiaire. Cathy grimaçait de la bouche. « As-tu mangé quelque chose de trop gras ou de trop lourd ? » interrogeait le crapaud. À cette évocation, une nausée la saisissait. « Et si tu rentrais chez toi, proposait Malou, pour t'allonger ? » C'était séduisant, Cathy transigeait, elle expédiait les affaires urgentes et puis, oui, peut-être retournerait-elle plus tôt chez elle « si ça ne passait pas ».

« Est-ce que tu veux une aspirine ? » demandait la stagiaire, qui confondait la migraine avec un simple mal de tête. Il ne fallait pas savoir pour proposer un comprimé d'aspirine à un migraineux, non il ne fallait pas savoir l'ampleur du drame, l'intensité de la douleur pour croire qu'elle céderait à un banal cachet blanc. Mais la stagiaire n'avait pas encore développé ces incurables maladies de proximité qui exposent le corps et protègent l'intimité. La livre de chair offerte à la dévoration du bureau, la part victime, l'offrande de la fragilité.

En développant ses migraines, en en accentuant la chronicité et l'irréductibilité, Cathy pensait au moins avoir accompli son devoir du côté du bureau et être quitte. Elle ne savait pas qu'elle était entrée avec le crapaud dans une compétition de douleur ou de rythme qui fut la cause de la rancœur qu'il développa à son encontre. Loin d'apaiser le crapaud, la fragilité de Cathy lui semblait l'expression d'un sentiment de supériorité, « toujours sa tête », alors que lui devait se débrouiller avec des métaphores qu'il faisait remonter aux poumons pour expliquer ses obstructions du bas. Il étouffait, il se bloquait, l'air ne passait plus. Oui, pendant toutes ces années, les migraines de Cathy avaient humilié son intestin paresseux, louvoyant et méandreux. Appelé à témoigner, le crapaud fut un des plus durs avec Cathy, qu'il avait jugée froide et machiavélique. Il avait exposé tous ses efforts pour l'humaniser un peu, son calvaire d'avoir eu à la supporter, elle et sa migraine, pendant toutes ces années.

Le poids des organes, leur vie étaient tels au bureau du contentieux que Cathy n'avait pas voulu s'intéresser en plus au fœtus nouvellement apparu sur l'écran de Malou, ni la questionner sur la provenance de l'image floue, grise et tressautante. Elle ne voulait pas savoir. D'autant plus que son propre corps manifestait tous les signes d'une grossesse qu'elle ne s'avouait pas encore. Elle se tint en retrait de la grossesse de Malou, qui pourtant s'exposait largement dans la pièce à côté et se commentait à plus soif. Le ventre de Malou était la nouvelle passion du bureau, une aventure comme la traversée de l'Atlantique d'un marin solitaire qu'ils eussent suivie sur le net et dont ils redoutaient le démâtage ou le naufrage. Il fallait que le bébé de Malou arrive à temps et en bon état.

– Alors ? interrogeait le bureau à chaque nouvel examen.

– Tout va bien, rassurait Malou. La nuque n'est pas épaisse, les doigts en nombre exact, le sexe tout à fait affirmé.

La grossesse avait sur les maladies l'avantage d'une dramatique connue de tous, d'une évolution plutôt rapide, d'une issue heureuse. Plus passionnée que tout le monde par ce voyage intergalactique qu'elle suivait pour la première fois en direct, la stagiaire voulait sur son écran le fœtus de Malou mais Malou n'y consentit pas. C'était son bébé, c'était son ordinateur. La photo de son bébé dans son ordinateur, c'était son bébé dans son ventre.

7

À travers maladie, grossesse ou organes interposés, l'ouverture sur la vie privée n'était qu'un leurre, un chiffon rouge destiné à détourner l'attention. Personne, y compris ici dans ce bureau, n'eût supporté de s'étaler ainsi si ce qu'on exhibait n'était destiné à cacher un secret. En dévoilant sa grossesse, en l'exposant, en la commentant, en ouvrant son ordinateur sur les mystères de son utérus, les mouvements de son fœtus, Malou tenait la porte fermée sur le secret qui n'aurait jamais dû être révélé si Franck, son champion de mari, n'avait fait éclater le scandale. Elle avait longtemps hésité sur l'auteur de sa grossesse surprise, ce pouvait être son amant ou son mari, plus son amant que son mari. Grâce à sa marge de manœuvre elle pouvait se persuader, selon les circonstances, qu'il était de l'un ou de l'autre et surtout en convaincre le père putatif. Malou était-elle aussi joyeuse qu'elle le prétendait en exhibant au bureau la première échographie ? Disait-elle la vérité en affirmant qu'elle ne s'était jamais sentie aussi épanouie ?

Cathy apprit l'existence d'Angelo et du même coup la paternité de son propre mari. « Elle avait des œillères ou quoi ! » s'indigna le crapaud lors de son témoignage. Malou ne cachait pas plus sa grossesse que sa liaison avec le mari de Cathy. Cathy encaissa dans la foulée le départ de Tony, qui allait vivre avec Malou que Franck venait de chasser du domicile conjugal. Curieusement Cathy en voulut surtout au mari de Malou de ne pas avoir su fermer les yeux et d'avoir jeté à la vindicte publique un secret qui ne s'arrêtait pas à Malou mais qui était aussi le secret de sa famille, les obligeant tous à affronter une situation douloureuse. À quoi lui servait-il de vaincre des sommets, d'affronter des vagues dangereuses, de rouler à toute allure sur une moto de compétition, pour savoir si peu se maîtriser et crier au monde entier ce que Cathy ne voulait pas savoir ?

Le scandale éclata au moment où, sa propre grossesse confirmée par les médecins, elle allait l'annoncer à Tony comme le happy end de leurs désirs conjugués, enfin un deuxième enfant ! Soudain elle ne savait que faire et même s'il était possible de faire quoi que ce soit. Elle ne savait plus rien, si ce n'est qu'entre tous les sentiments contradictoires et violents qu'elle ressentait, la désillusion, la détresse, la colère et même la haine, la naissance qui s'annonçait était un handicap insupportable. Elle chercha à avorter mais dut garder le fœtus en raison de l'avancement de la grossesse. Le bureau, qui venait d'accompagner à coups de fêtes impromptues, jus de fruit, pissaladière et gâteaux maison, la grossesse éclatante de Malou, fit la comparaison avec la grossesse subie par Cathy. La concierge, le crapaud et la stagiaire, plus le comptable qui venait deux fois par semaine, furent unanimes à observer qu'elle était malheureuse, ne parlait jamais de son bébé. « Elle attendait l'accouchement comme une libération. » Non, ils n'avaient jamais vu une mère si peu mère, une femme si sombre. « Elle remâchait », dit le crapaud.

Qu'elle n'ait plus voulu de l'enfant, elle ne le niait pas. Elle avait annoncé son intention d'avorter à son mari comme un défi, ne sachant pas alors qu'elle ne pourrait pas. Il l'avait suppliée de garder le bébé. Elle lui avait répondu, il l'avait confié à Malou, qui le rapporterait comme une ouverture effrayante sur l'âme de cette femme monstrueuse, qu'elle avorterait quand même et qu'elle se ferait un plaisir de lui envoyer le corps de l'enfant mort dans son sac de sport préféré. Ce sont des détails qui ne s'inventent pas et Malou se rappelait comment le pauvre Tony était à la fois désemparé et horrifié par une menace qui lui laissait découvrir la violence insondable de sa femme.

D'après sa mère, qui devant la justice en tirait à la fois vanité et légitimité, c'est grâce à elle que Cathy était revenue à plus de raison, après une discussion où elle l'avait persuadée que les enfants n'étaient pas aux pères mais aux mères, que ce bébé était né de son propre désir à elle d'avoir un enfant et qu'elle ne pouvait s'automutiler en le supprimant. Elle le lui promettait : dans quelques années, il serait sa joie. Cathy poursuivit sa grossesse à demi. Elle gardait l'enfant mais ne le garderait pas jusqu'au bout. Le médecin lui avait dit que maintenant, pour des raisons de confort, on n'hésitait pas à provoquer la naissance. Elle menaçait son fœtus d'accouchement provoqué et le disait à qui voulait l'entendre et beaucoup trop de témoins l'entendirent. Six mois, ils sont viables à six mois, que la couveuse finisse le travail. C'était une femme odieuse, une mère dénaturée.

Bien que Cathy réfutât tous ces ragots que l'on montait en témoignages, son accouchement prématuré ne plaidait pas en sa faveur, pourtant il ne fut pas dû à des manœuvres médicales mais comme elle l'expliqua à son avocat à un accident. Elle faisait ses courses au supermarché lorsqu'elle tomba, au rayon des surgelés, sur Malou décorée de tout ce que la marque Bô-bb met à la disposition des jeunes mamans dans la collection de l'année, jaune avec des éléphants gris. Dans le caddie, elle avait coincé le siège, le sac de couches, la thermos à biberon et sur sa poitrine, dans une poche kangourou, elle tenait son Angelo dont les pieds dodus dépassaient d'une grenouillère assortie.

Une chose était de connaître l'existence de cet enfant, une autre était de le voir et de comprendre que Malou pressait contre son cœur le produit de ses amours adultères avec Tony. La stupéfaction la figea dans l'allée où elle fixait, les yeux ronds, l'esprit vide, la disposition du semis d'éléphants gris sur le tissu jaune. Ne pouvoir penser qu'à ça, tout ce jaune et tout ce gris. Et puis l'envie de n'avoir jamais vu, de tourner les talons, de sortir, de courir, de monter dans sa voiture, d'en claquer la portière, de faire une sauvage marche arrière et de partir au bout d'un monde qui se termine dans l'impasse d'à côté.

Son ventre s'était resserré, elle se souvint longtemps de ce ventre qui n'était pas plus gros, entre ses mains qui le protégeaient, qu'un gros melon, une petite pastèque. Ce spasme lui faisait le ventre de pierre et étouffait son enfant. Ce n'avait été que le début des contractions d'un travail impossible à arrêter. Cathy avait accouché prématurément d'un enfant d'à peine huit mois, dans la plus entière des solitudes, puisque sa mère, bien sûr, n'arriva que l'accouchement terminé et que Tony, impossible à joindre, ne vint pas accueillir un petit garçon dont il attendait la naissance beaucoup plus tard.

Elle n'eut qu'une visite, Lili, son amie d'enfance, stagiaire occasionnelle elle aussi, qui n'était restée que quelques semaines au bureau du contentieux du Service des eaux puis avait disparu dans la nature. Elle vivait dans la colline où elle avait repris la casse de son père. Cathy ne s'était jamais inquiétée du destin de Lili, mais visiblement Lili s'intéressait toujours à Cathy. Elle savait tout pour Tony et Cathy et elle venait au secours de cette jeune femme angoissée, seule dans sa chambre, qui se faisait du souci pour le bébé là-bas dans une couveuse.

Oiseau de bon augure, Lili avait été la première à lui annoncer que le bébé était beau comme tout et qu'il ressemblait déjà à son frère Olivier. Tout étrangère qu'elle était, elle rétablissait le lien entre le nourrisson et sa mère et désignait sa place dans la famille. En évoquant Olivier, charmant garçon de quinze ans, elle ouvrait un avenir au prématuré malingre.

– Et vous l'avez appelé comment ?

– Camille-Angelo. C'est joli, qu'est-ce que tu en penses ? lui avait demandé la mère de Cathy qui souhaitait sa caution.

8

Le premier souvenir que Cathy gardait de Lili et qui fixait tous ceux qui suivaient se situait à la rentrée des classes dans la grande école. Elle avait une figure très large et très blanche, bordée de cheveux noirs, une pleine lune qui ressemblait au visage du personnage du livre *Lire en riant.* Entre Toto et Jojo, les autres compères, Lili était sortie du livre de lecture. C'était une sorte de dessin animé qui traversait la cour de récréation et s'asseyait dans la classe, aide pleine de zèle, près de la maîtresse. Elle était faite de ronds et de quelques bâtons, si semblable à la composition rudimentaire du dessin qu'elle inspirait confiance.

Lili était la gentille petite fille, prête à tout, que la maîtresse utilisait comme un modèle et qu'elle attelait aux plus rétifs de la classe pour les amener à résipiscence. Une sorte de bœuf d'arène pour calmer le taureau. Elle utilisait sa gentillesse naturelle, sa passion des craies de couleur et du chiffon pour faire régner en classe une paix familiale presque ménagère.

Aussi loin que portait la mémoire de Cathy, Lili avait été là, pas encombrante et toujours positive. Elle avait été là au collège, puis au lycée. À la fac elle avait disparu sans que personne s'en rendît compte. Un jour elle avait reparu au bureau du contentieux pour un stage de comptabilité, juste au moment où Cathy accouchait de son fils Olivier. Elle pensait ne plus jamais la quitter puisque la vie les avait réunies dans une proximité aimable, pleine d'attentions de la part de Lili, qui adorait Olivier. Cathy pensait qu'il était naturel qu'on adorât son fils comme elle-même ou sa famille l'adorait. Elle ne s'était jamais souciée des raisons beaucoup plus personnelles qui incitaient Lili à venir voir le petit garçon, à demander à le changer ou à le promener. Jeune mère, Cathy prêtait son bébé de bonne grâce, comme petite fille elle prêtait sa poupée à sa meilleure amie.

Puis Lili s'était de nouveau éclipsée, trois, quatre ans finalement, sans que Cathy s'en soucie vraiment. La rumeur disait qu'elle avait trouvé du travail dans le Nord. Où ? – ici le Nord commence au-dessus d'Avignon –, Cathy ne l'avait jamais demandé. Ce qui l'intéressait à l'époque, c'était sa vie entre le bureau du contentieux et sa maison, une vie au jour le jour qui la bornait en la comblant à tel point qu'elle n'avait pas l'idée d'aller voir ailleurs. De l'errance de Lili, personne n'eut idée. Tout le monde était heureux, personne n'imaginait qu'elle ne l'était pas et que la petite fille sans histoires du livre de lecture n'avait pas une vie de livre d'images. Lili avait resurgi à la maternité, semblable au dessin d'autrefois, faite de ronds et de bâtons, la même barrette retenant ses cheveux noirs et raides coupés à la Jeanne d'Arc. Seulement : pour son mètre soixante, elle pesait quatre-vingt-sept kilos.

— Quand vous sortez de la maternité, vous vous voyez souvent ? lui demande son avocat.

— Juste pendant que le bébé est en couveuse, parce qu'elle a le cafard, qu'elle ne peut pas revenir encore au bureau et que l'après-midi, surtout l'après-midi, la maison est trop vide.

Pour la première fois Cathy avait pénétré dans la casse. Jamais elle n'avait pensé entrer dans un pareil endroit. Depuis l'autoroute, elle avait aperçu les bidonvilles des Gitans qui s'installent sur des friches, mais là, cette décharge de voitures au milieu des collines brûlées avec deux ou trois troncs calcinés dépassait tout ce qu'on peut imaginer en termes d'abandon, de désolation et, le mot lui courut longtemps dans la tête, de dévastation. Un endroit perdu, au bout d'un chemin de terre, des carcasses, juste un chien enchaîné à un pneu de camion. Elle ne pensa pas à la vie de Lili dans son mobile home au milieu du cimetière de voitures, elle pensa à elle-même. Comme elle s'était coupée de tout pour chercher le secours et l'amitié de celle qui vivait ainsi, en dehors du monde en quelque sorte. Et c'est parce qu'elle vivait en dehors du monde que la présence de Lili lui était tolérable.

Ce n'est qu'après qu'elle les interrogea sur ce qui lui apparaissait comme une déchéance. Comment une femme dont elle avait partagé l'enfance pouvait-elle vivre dans ce dépotoir ?

– J'ai toujours vécu là, répondit Lili.

– Même pendant l'école ?

– Même pendant l'école.

– C'est comme en Israël, expliqua le géant hirsute qui fourrageait dans les épaves.

Il voulait parler de l'austérité, de la sécheresse du lieu. Cathy voyait un énorme attentat qui aurait soufflé toutes ces voitures à la fois, les dispersant sur l'ensemble du terrain.

– J'aime quand ça tape, reprit l'homme. Le soir, on lâche le chien.

La nuit, ce cimetière de voitures était le lieu d'attraction de toute la zone, qui venait se servir sur place. Il montra son fusil qui était posé contre le mur, une carabine pour sangliers, et une boîte en carton pleine de cartouches dont il puisa une poignée qu'il fit sauter dans sa main comme s'il en appréciait le poids.

– On est en sécurité, dit Lili dans un sourire. La sécurité, la protection, c'était l'affaire de Jeff, ancien gendarme il avait servi dans les services secrets, il était allé partout dans le monde. Il a sauté sur Kolwezi, précisa-t-elle.

– J'ai aussi passé trois ans dans un camp d'entraînement près de la zone interdite, dit Jeff.

La juge d'instruction demanda à Cathy quand, d'après elle, s'était passée l'affaire de Kolwezi. Elle ne le savait pas, elle ne savait même pas où cela se situait. Quand elle avait entendu Lili en parler, elle avait pensé à Israël. Oui, Israël, parce qu'ils avaient parlé de kibboutz et tout ça.

— Alors, vous ne vous êtes pas aperçue qu'un homme de quarante ans ne pouvait pas avoir sauté sur Kolwezi ?

— Non, a répondu Cathy.

Lili lui inspirait une telle confiance que cette confiance éclairait tout ce qu'elle touchait.

— Y compris la casse, y compris Jeff ? interrogea la juge.

— Oui, a répondu Cathy.

— Où aviez-vous la tête ?

9

Enfant, Cathy avait découvert comment les poules ferment les yeux. Cette paupière très nue qui se lève au lieu de s'abaisser et que le mouvement a contrario fait paraître plus longue, plus mince, dans laquelle s'ensevelit le regard, l'avait fascinée. Depuis qu'elle en avait eu la révélation, elle restait de longues minutes assise, immobile, pour surprendre cette sorte d'évanouissement qui survenait brusquement sur un œil rond et vivant, sans les moindres prémices d'un assoupissement. Elle avait guetté de la même façon la perte du regard chez d'autres volatiles, pigeons ou canards, mais il y avait chez la poule quelque chose de plus terrible, dans la longueur, comme une crise d'épilepsie. Quand la poule revenait à elle, elle s'ébouriffait et secouait la tête.

Lorsque plus tard on lui reprocha dans cette affaire de ne pas avoir su voir, elle pensa à une incapacité mécanique de ses yeux, à un aveuglement de paupière comme chez les poules. Ne disait-on pas que dans toute cette histoire elle avait été aveugle ? Comment pouvait-elle avoir cette perception du détail presque microscopique ? Elle voyait très bien, comme si elle avait eu des loupes sous les yeux, les cils de plume qui bordaient la paupière jaune des poules, la mince bordure cireuse de la paupière, elle voyait les petits éléphants gris sur la panoplie Bô-bb d'Angelo, elle voyait les traits ressemblants de Papin sur la minuscule figurine de plastique posée sur l'ordinateur de Malou, et elle ne voyait pas le reste, l'éloignement de son mari, ses multiples infidélités. Il s'avérait que Malou n'avait pas été la première.

Et puisque la juge le lui demandait, elle n'avait pas vu non plus la déchéance de Lili, la dangerosité de Jeff. Tout au plus quand elle retrouvait le passé, pour deviner à la lumière de ce qui était advenu les indices qui eussent pu l'alerter, elle voyait comment la corde du chien était fixée par un nœud coulant autour d'un pneu de camion, elle voyait, et cela très bien, le semis de fleurs bleues sur la tasse d'arcopal dans laquelle Lili avait versé du café. Mais où était fait le café ? La cafetière, s'il y en avait une, elle ne la voyait plus. Indéfiniment elle tournait autour de ses doigts la tasse et son bouquet de myosotis.

Quand elle y repensait, le mobile home lui

avait paru la terre promise, et elle ne s'était pas étonnée justement que Lili et Jeff aient pu y former tous leurs projets sur Israël. Le terrain vague sur lequel il était posé était comme une avancée de terre dans la mer, une rampe de lancement vers Israël. À moins de cinq kilomètres de chez elle, elle entrait dans un monde nouveau qui ne suivait pas les usages de Palance. Elle était dans un no man's land, coupée de ses soucis, avec des gens qui n'avaient pas les habitudes de ceux qu'elle côtoyait. Elle ne les plaignait pas de vivre dans ce dénuement, au contraire elle les admirait d'avoir tout abandonné, de ne tenir à rien de matériel. Tout ce qui l'enchaînait, tout ce qu'elle aurait craint de perdre, ils y avaient renoncé avec une bonne humeur qui l'apaisait. On pouvait ne rien posséder et être détendu, affable, attentionné.

Du coup sa parole se libérait. Dans le mobile home sa voix s'élevait, elle atteignait des aigus qu'elle ne connaissait pas. C'était une voix qu'elle n'aurait pas utilisée dans la maison de la plage, habituée dès l'enfance à baisser le ton, et puis à se surveiller pour ne pas réveiller Olivier ou interrompre le travail de Tony. De la même façon, ici, ses sentiments, toujours très contrôlés, devenaient hyperboliques. Elle ne se souvenait pas d'avoir pleuré autant et si fort, même à l'enterrement de sa grand-mère, où elle avait pourtant été inconsolable et presque révoltée quand une cousine, qui affichait une foi exaltée, lui avait dit avec un air extatique qu'il fallait au contraire qu'elle se réjouisse qu'elle fût au ciel avec les anges.

Dans le mobile home, parce que Lili était là, qu'elle lui avait toujours tout dit et qu'elle ne lui cachait rien des tréfonds de son âme, elle passait des sanglots au rire sans plus de raison qu'un peu d'alcool dans son café sucré. Jeff disait « une petite goutte » en lui mouillant le fond de la tasse, malgré la chaleur de four du mobile home, avec une gnôle anisée. De même, elle n'utilisait pas les mots de tous les jours mais les mots de Lili, des mots qui l'étonnaient quand elle les prononçait, et qu'elle se répétait pour les mettre à distance, les comprendre et finalement s'en réjouir. Elle parlait comme Lili et maintenant comme Jeff, avec une gouaille ardente, une véhémence furieuse. Ils étaient toujours dans le paroxysme. Lili se tordait de rire, Jeff étouffait de colère. Cathy pensait que c'était une force de pouvoir se moquer de tout le monde et de savoir tout détruire par des mots violents. Il lui revenait des souvenirs, où Tony était ridicule et odieux, qu'elle leur livrait pour qu'ils puissent les faire exploser avec des blagues et des injures. Ils savaient tuer avec des mots. Ils passaient tout au lance-flamme.

En revenant chez elle, Cathy avait souvent regretté d'avoir contaminé la casse, ce lieu protégé, avec ses histoires. Elle aurait dû aller voir Lili et goûter ces quelques heures de répit, mettre ses soucis entre parenthèses. Mais il ne fut bientôt question que de la rupture forcée avec Tony, de l'attitude provocatrice de Malou, et surtout de l'appréhension qu'elle avait à élever ses enfants dans la menace de se les voir enlever par le couple qui, dans la destruction, ne s'arrêterait pas en chemin. Lili l'écoutait et la plaignait, avec une compassion que ne montrait plus sa mère, que cette histoire agaçait et qui répétait comme pour s'encourager elle-même à dépasser son veuvage qu'il était « temps de tourner la page », qu'elle n'avait « plus de temps à perdre avec ça », qu'il fallait « être positive » et qui, mettant ses paroles en actes, s'apprêtait à profiter de la vie, c'est-à-dire à faire une croisière.

Lili avait le regard neuf, l'oreille attentive. À chaque détail que lui dévoilait Cathy elle se révoltait. Elle n'en revenait pas. Non, elle n'en revenait pas que les hommes fussent si lâches, le monde si mauvais et Malou si perverse. Derrière elle, Jeff secouait la tête, cette histoire le bouleversait. Que l'on ait pu traiter Cathy de cette façon, une femme si bien, mère exemplaire en plus et qui venait d'accoucher prématurément d'un nourrisson. Qu'un homme fût assez moche pour l'abandonner au moment où elle avait le plus besoin de son aide et que par ailleurs une femme ne s'embarrassât d'aucun scrupule pour séduire cet homme, l'empêcher d'accomplir son devoir et pour peut-être enlever les enfants le révoltait jusqu'à la fureur. Il serrait les poings.

C'est exactement ce que voulait entendre Cathy, et ce qu'on lui avait refusé, elle voulait la condamnation entière et absolue des amants diaboliques, et non ce qu'elle avait senti ici et là, une sorte d'indulgence bienveillante pour cette passion qui leur avait fait braver toutes les lois. Elle aurait voulu que Tony et Malou fussent mis au ban de la société et ils en attisaient les fantasmes. Elle se trouvait dépossédée non seulement de son mari mais de l'assentiment social qui l'avait confortée toute sa vie, ce qu'elle ressentait comme une double trahison, une double injustice. La reconnaissance de son malheur, l'apitoiement qu'il suscitait dans le mobile home n'avait pas de prix, c'était une source dans le désert.

Remontée par cet accueil, comme une actrice qui tient son public, Cathy ne ménageait pas son auditoire et n'épargnait aucun détail pour amener encore plus de compassion dans les yeux de Lili, plus de colère sur le visage de Jeff. Elle disait tout, elle le criait, elle le pleurait. De temps en temps, Lili prenait la parole pour expliquer à Jeff qui ne connaissait aucun des protagonistes qui était qui et agrémentait ses réflexions de quelques commentaires venus de ses souvenirs. Elle était la mémoire d'une période où bien sûr Cathy n'avait rien vu. Elle avait tout enregistré seconde par seconde. L'amitié de Tony et de Franck, inséparables dans leurs études, indissociables dans leurs activités sportives, collègues dans le boulot.

– Alors ils partageaient tout ! s'était exclamé Jeff.

Malou avait tenté de les séduire l'un et l'autre. Dès la première année, elle avait jeté le grappin sur Tony et elle avait épousé Franck faute d'être arrivée à ses fins avec l'autre !

– Quand vous reveniez de la fac en auto, elle essayait toujours de se mettre devant près de Tony.

– Elle disait que derrière elle avait mal au cœur, se rappelait Cathy comme prise en faute.

Oui, c'est la petite tasse aux myosotis à la main qu'elle avait dû souhaiter la mort de son mari et de sa maîtresse. Des paroles qui dépassaient sa pensée.

10

L'aura de Lili protégeait Jeff comme elle protégeait la casse, le mobile home. Rien de ce que touchait Lili ne pouvait sembler mauvais ou inquiétant à Cathy. Elle ne mit pas longtemps pourtant à remarquer quelques insuffisances chez Jeff. Rien de grave cependant. Il avait démonté la sonnette mais ne trouvait pas le boîtier qu'il devait poser à la place. Dans le même ordre d'idées il avait dévissé le verrou de la porte d'entrée pour lui substituer un mécanisme plus sophistiqué. Il rassurait Cathy en lui disant que c'était l'affaire d'une semaine ou deux, qu'il attendait que ses amis de la boîte d'électronique reçoivent le système, il allait tous les jours s'inquiéter d'une commande qui n'arrivait pas. En revanche, il s'était lié d'amitié avec le fils aîné de Cathy. Il lui racontait Kolwezi, la grenade qui l'avait envoyé plusieurs mois à l'hôpital et qui lui avait laissé cette plaque de fer sur le crâne. Olivier avait touché la plaque, il disait qu'il l'avait entendue grincer sous ses doigts. Jeff ne passait pas dans les terminaux des aéroports, il provoquait l'affolement des alarmes sonores et lumineuses. Il disait : « Je suis Bioman. »

Ce faisant, il avait démonté toute l'installation électrique. Cathy découvrit que les fils avaient été délogés de leurs gaines. Jeff, occupé à les entourer de chatterton, n'arrêtait pas de tempêter sur un système qui finirait par foutre le feu à la maison. Cathy ne s'était jamais inquiétée de l'installation électrique mais elle reconnaissait que les plombs sautaient souvent et qu'elle était obligée de monter sur une échelle pour tordre entre les plots de porcelaine un fil de plomb antédiluvien. « Je vais te réparer ça. » Il arrivait le matin. Il prenait une tasse de café avec elle. Il revenait le soir après son travail pour achever ce qu'il avait commencé. Elle s'était fait la réflexion qu'il n'était pas très efficace et qu'elle aurait été plus regardante avec un ouvrier qu'elle eût payé. Mais elle ne le payait pas, il faisait cela pour elle et il était souvent interrompu par des détails techniques qui tenaient à la vétusté de la maison, des pièces que l'on ne trouvait plus et qu'il était bien obligé de rechercher et, ne les ayant pas trouvées, de fabriquer.

Elle le voyait dans l'entrée, son gros corps penché sur un tout petit truc qu'il fignolait entre ses doigts, qu'il affûtait, qu'il reposait pour trouver un autre objet dont il pouvait se servir pour arranger le premier. Devant un étalage de pièces plus ou moins démantibulées, il arrachait une prise, un fil, une vis. Une sorte de jeu de construction qui passait par de la déconstruction dans des proportions si importantes qu'elle s'était demandé pourquoi il fallait tant de fil, tant de fer, tant de clous, pour remettre en état une simple prise. Il devait sentir que cet énorme puzzle, dont il n'arrivait pas à bout, l'angoissait. Il lui demandait de ne pas s'inquiéter. Il allait bientôt tout remettre en état.

S'il avait rangé le soir les outils dont il s'était servi et dont il réclamait toujours un élément de plus, s'il avait au moins regroupé sur des journaux étalés les différents objets qu'il avait éventrés, désossés, elle aurait été moins agacée mais il laissait tout en vrac sur le sol. Elle n'osait passer derrière lui et ranger ce bric-à-brac dans lequel elle ne reconnaissait rien de peur d'interrompre une réparation particulièrement délicate. Mais ces objets qui encombraient l'entrée donnaient l'impression que Jeff était là en permanence et qu'il allait reprendre son travail d'un instant à l'autre. Quand il n'était pas là, toute la place qu'il prenait était remplie par l'amoncellement des outils et des pièces. Et Cathy était obligée de vivre dans sa continuelle présence.

Elle s'était rendu compte que ce n'était pas une situation normale quand, découvrant le chantier, sa mère lui avait demandé ce qui se passait. Elle avait menti d'une certaine façon en disant qu'elle faisait remettre l'électricité aux normes par un ouvrier. Elle ne précisait pas qu'il s'agissait de l'ami de Lili. Jeff était « un ouvrier », pas plus. Elle avait persisté quand Tony, lui aussi surpris par l'état de l'entrée, lui avait demandé ce qui se passait. « Des travaux, des petits travaux tout simplement. » C'est tout juste si l'un et l'autre ne l'avaient pas félicitée d'avoir trouvé dans ces temps de pénurie quelqu'un pour remettre la maison en état. Enfin ! avait applaudi sa mère, il était temps ! Et Tony avait salué l'initiative de travaux qui étaient destinés à l'empêcher de rentrer dans la maison de sa femme.

La juge demanda à Cathy si c'est à ce moment qu'elle avait commencé à mentir, ou plutôt à se taire sur l'identité de Jeff.

Pourquoi ne pas l'avoir nommé ? La juge insistait, Jeff n'était pas un ouvrier, Cathy le voyait bien. Que lui rapportait, à l'époque, le silence sur la personnalité de celui qui s'escrimait dans le hall et aussi sur la nature des travaux qu'il faisait et qu'elle dissimulait derrière un vocable assez vague. Son mari comme sa mère avaient encouragé des travaux de sécurité. Elle était seule désormais dans la maison, seule avec un adolescent et un bébé, quoi de plus naturel. Ils l'avaient approuvée tous les deux. Elle aurait même pu, ajouta perfidement la juge, glisser une plainte de plus sur sa solitude ou son isolement, qui l'obligeaient à entreprendre ce chantier. Elle les aurait culpabilisés l'un et l'autre.

Cathy comprenait que Jeff et Lili appartenaient à un autre monde, le monde d'après, qu'elle ne voulait pas partager avec ceux d'avant. Un monde différent, meilleur, et dont elle se rendait compte, au fur et à mesure des maladresses de Jeff, qu'il était non pas parfait mais insidieusement dangereux. Elle ne voulait pas attirer l'attention sur ce qu'elle ne voulait pas voir. C'était comme si la dégradation sociale de Lili l'atteignait par Jeff interposé. Elle pensait à la casse des voitures, ces tôles rouillées, ces pare-chocs tordus, ces portières défoncées et ces pneus crevés. Elle ne se sentait pas autrement qu'une voiture à la casse.

11

Jeff s'affairait dans l'entrée. Il avait ôté son pull et travaillait torse nu, accroupi. Cathy voyait de dos cette énorme masse rose penchée entre l'écartement des cuisses sur le fatras des fils et des prises. Elle pensait au chef du contentieux mais le crapaud était beige, pas rose, pas gonflé au-delà de tout avec cette panse qui débordait sur les côtés et ces poils qui remontaient de la ceinture du jogging descendu très bas sur les reins. Le crapaud restait ramassé dans les limites de sa chemise beige, de son chandail beige, de son pantalon beige..., ici l'animal débordait. Elle pensa à un porc, mais alors un porc énorme et répugnant. Et puis elle se dit qu'on ne laisserait jamais un cochon arriver à ça, cette horreur proprement humaine.

Le dégoût la figeait, son corps se raidissait, comme s'il lui fallait le silence et la tension pour contenir la répulsion qui l'envahissait. Jeff ne l'entendait pas et ne sentait pas sa présence dans son dos, il continuait à s'escrimer en soufflant et en maugréant sur les nœuds des fils électriques. Elle se disait qu'il faudrait tuer ça, l'éliminer. C'était la première fois qu'elle songeait à la mort. Pas Tony, pas Malou, pas Franck, pas sa mère, pas le bébé, il fallait que la juge la croie, mais uniquement Jeff et seulement ce jour-là. En fait, elle pensait surtout à détruire cette horreur, comme d'autres, elle n'en était pas, écrasent une araignée, crèvent un crapaud. Et pendant que le désir de tuer se formait, elle voyait distinctement le type de couteau qu'il faudrait pour venir à bout de ce porc humain, et le geste qu'elle devrait faire, très rapide, pour lui planter la lame entre les cervicales. Elle voyait le corps qui s'écroulait d'un coup, puis qui tremblait, s'agitait, pris de soubresauts. Elle voyait son pied écraser la figure, frapper la bouche pour l'empêcher de crier avant qu'il n'expire.

Elle sentait son propre corps se déformer. Il s'allongeait, s'affûtait, s'affinait. Ses côtes se resserraient, son ventre se creusait, ses épaules se contractaient, son dos se bloquait. Elle devenait dure, mince, longue, plate comme une lame d'acier. Elle était le couteau, très droite, très raide.

– Ah, tu es là, dit-il en se retournant.

Elle ouvrit la bouche et découvrit les dents. Un sourire.

Il se releva péniblement en prenant appui sur ses genoux. Sur sa poitrine très large, sur ses seins distendus, en plein sur le cœur, il y avait un tatouage. Elle y lut trois noms alignés les uns en dessous des autres : Jennifer, Samantha, Kevin. Il suivit son regard.

– Mes enfants, dit-il...

Elle ignorait qu'il eût des enfants, elle ignorait tout de lui.

– ... tués dans un accident de voiture.

La pitié lui tordit le cœur. Il était gros, il était grand, à moitié nu et innocent. Elle s'en voulait. Par un mouvement de balancier, un revirement du tout au tout, elle eut envie de le prendre dans ses bras, de le consoler, de coller son corps contre le sien pour le protéger et de mettre sa tête à l'endroit où étaient inscrits les noms des enfants.

C'est à ce moment que le bébé se mit à pleurer, elle l'entendit et souhaita que ce ne fût qu'un rêve et que le bébé se tût et se rendormît sans que Jeff l'entendît. Elle éprouvait une honte terrible de cette présence vivante devant l'homme en deuil. Mais les cris reprirent de plus en plus fort, dans une cadence qui s'accélérait, un hurlement continu. Si elle avait été près du berceau, elle aurait posé la main sur la bouche du bébé, elle aurait appuyé dessus pour lui faire rentrer ses cris. Elle lui aurait pincé le nez pour qu'en cherchant son souffle il arrête un instant de hurler. Mais elle était en face de Jeff, les bras ballants devant ce malheur qu'il lui révélait.

– Le bébé pleure, dit-il en montrant l'escalier, il a faim.

Elle se réveilla. Elle monta quatre à quatre, ouvrit la porte comme si elle allait trouver son enfant mort. Elle le sortit du berceau, rouge et vociférant, des larmes plein les yeux et dans le même mouvement l'emporta, descendit l'escalier. Jeff l'attendait en bas, les trois noms bien alignés sur son torse nu. Elle lui tendit le bébé. Il le prit doucement dans ses bras. Elle dit qu'elle devait préparer le biberon, il la suivit jusqu'à la cuisine. Elle mesura l'eau, puis compta les cuillères de lait, vissa la tétine et le mit à tiédir au bain-marie dans la vieille casserole toute cabossée qu'elle aimait. Il calmait le bébé en lui caressant le dos. Il le portait droit contre son torse, la tête au creux de son épaule gauche et le bébé s'était arrêté de pleurer. En voyant l'enfant écrasé comme un petit gecko transparent, les bras écartés agrippés à la poitrine nue de l'homme, elle se dit qu'elle devrait le lui donner comme une réparation pour ses enfants morts.

12

La juge était agacée. Elle ne comprenait pas que Cathy se soit livrée de cette façon à cet homme sans le connaître. Ce qu'elle avait objecté pour Kolwezi, elle l'objectait pour les enfants morts. Pourquoi Cathy s'était-elle laissé embarquer dans cette histoire rocambolesque ? Avait-elle demandé des dates, des précisions, les circonstances des décès ? S'était-elle au moins renseignée du côté de Lili ? Ne trouvait-elle pas étrange que Lili, qui connaissait le tatouage, ne lui ait jamais parlé d'enfants morts ?

— Vous êtes très crédule, ou alors...

Cathy s'était emportée. Quand un homme vous dit cela, quand on voit des noms inscrits dans sa chair, lui fait-on subir un interrogatoire ? Réveille-t-on une souffrance atroce en le questionnant sur des lieux ou des dates ? Pourquoi, oui, pourquoi l'aurait-elle soupçonné ?... Et si elle n'avait pas un instant mis sa parole en doute, c'est que la vaste poitrine lui semblait une pierre tombale, et que l'alignement des prénoms lui évoquait les noms gravés sur les pierres pour qu'ils ne s'effacent pas.

Et puis, il y avait Lili, la douce sécurité de Lili sur tout cela. Pourquoi se serait-elle méfiée de quoi que ce fût lui venant de la plus fidèle des amies, de la plus innocente, de la plus insoupçonnable des femmes ? Lili aimait Jeff donc Jeff était aimable. Comment aurait-elle pu imaginer que Lili aimait un monstre ? Comment pouvait-elle envisager que le monstre qui vivait avec Lili n'était pas l'homme fort et serviable qu'elle lui avait présenté en ajoutant qu'il faisait tout son bonheur ?

— La preuve ! fit la juge.

Cathy ne l'entendait pas. Oui, il aurait fallu qu'elle se garde de cet homme, lui interdise l'entrée de sa maison, le dénonce à la police comme potentiellement dangereux. Mais alors il aurait fallu qu'elle dénonce Lili, qui le lui avait présenté, et tant qu'à faire sa mère, qui l'avait abandonnée à son triste sort, et Tony, son mari, qui l'avait trompée et quittée au bout de dix-huit ans de mariage en faisant en prime un enfant à sa meilleure amie. Ah ! celle-là, parlons-en, il aurait mieux valu qu'elle ne la côtoie jamais, qu'elles n'aillent pas en vacances ensemble, qu'elles ne partagent pas le même travail. Oui, si c'était à refaire, il fallait tout reprendre depuis le début : ne pas tomber amoureuse de Tony, ne pas l'épouser, ne pas avoir Olivier et bien sûr n'avoir jamais, jamais mis en route le pauvre bébé. Elle aurait dû écarter Malou dès le premier jour. Et puis remontons encore plus loin, il n'aurait jamais fallu aimer Lili, jouer avec elle à la marelle, échanger des barrettes roses, se donner des bonbons, se prendre par la taille en sautillant pour traverser la cour de récréation et plus tard lui prêter ses enfants. Elle aurait dû crier en voyant arriver Lili à la maternité, crier comme devant la sorcière qui, au lieu de bénir le bébé, comme elle l'avait cru, devait bousiller sa vie.

Était-elle en faute pour avoir donné sa confiance ? La juge, qui avait sensiblement le même âge, portait une jupe plus courte et des talons plus hauts, se consultait-elle aux renseignements généraux la fiche de tous les hommes qu'elle côtoyait ? Leur faisait-elle passer un interrogatoire comme celui qu'elle-même endurait avant de les inviter chez elle ? Est-ce qu'elle n'avait jamais cru personne sur parole ? Non, visiblement, la juge n'avait jamais cru personne sur parole.

— Vous avez bac + 3 et vous ne savez pas la date de Kolwezi !

Non, pas la date. Une vague reconnaissance du mot lui avait donné le sentiment de vrai qui rendait plausible l'action de Jeff. Puisque Kolwezi existait, ce qu'avait fait Jeff existait aussi.

— Et cette histoire de garde du corps de Mitterrand, vous l'avez crue aussi ?

Perfidement, la juge revenait sur un point que Cathy avait oublié, submergé par le nom des enfants morts, perdu dans les oubliettes de la vie de gendarme, aussi obscur que Kolwezi. Eh bien oui, ça aussi elle y avait cru. Pourquoi pas ? Au moment où elle avait rencontré Jeff, le chauffeur de Mitterrand publiait ses Mémoires et les journaux avaient montré sa photo, corpulent, les cheveux tirés en queue de cheval, pas très différent au fond de Jeff, s'il avait été moins gros et mieux habillé. Il y avait là aussi une contamination du réel. En apparaissant dans les journaux, le chauffeur cautionnait l'existence du garde du corps, donc du passé de Jeff.

— Il ne vous en faut pas beaucoup pour croire en la réalité des choses !

Non, il ne lui en fallait pas beaucoup, parce qu'elle n'avait connu que des gens vrais, et la juge devait bien savoir que les escrocs procèdent toujours par allusions en ne découvrant que le détail d'une preuve.

Peut-être aussi, insinua la juge, Cathy était-elle indifférente à ceux qui l'entouraient, profondément égocentrique, refusant d'en savoir davantage, n'écoutant pas réellement ce qu'on lui disait. Comment pouvait-on avoir ce sens exacerbé du détail et cette indifférence aux grandes lignes de la vie ?

La juge revenait aux enfants morts. Si Cathy, par pudeur ou compassion, comme elle le prétendait, n'avait pas voulu en parler avec Jeff, n'avait-elle pas eu besoin de le faire avec Lili ?

Mais Jeff lui en avait parlé, longuement, dans la cuisine, pendant qu'elle donnait le biberon au bébé. Il avait dit qu'il avait été marié et puis qu'un matin, alors que sa femme conduisait Jennifer, Samantha et Kevin à l'école, la voiture qui venait en face avait doublé en haut d'une côte, tous les quatre tués sur le coup. On l'avait prévenu dans sa gendarmerie et c'est lui qui avait dû faire le constat. Quand il était arrivé sur les lieux, il avait reconnu la voiture de sa femme, elle était sur le toit, les quatre roues tournaient encore. Il s'était évanoui. Le chauffard était ivre, trois grammes d'alcool dans le sang.

Il avait pété les plombs. Il ne pouvait plus faire son boulot, il ne pouvait plus rester dans la région, ni passer sur la route où avaient été tués ses enfants. On lui avait proposé d'entrer dans les services spéciaux. Il s'était engagé, une vie de mec. Il avait fait tatouer les noms des enfants sur sa poitrine. Là, sur le cœur. Risque pas de les oublier. « Pas ma femme, la pauvre, je lui en ai longtemps voulu d'avoir pris les trois ce matin-là alors que je lui avais proposé d'accompagner Kevin un peu plus tard. On s'était engueulés. Kevin n'avait pas besoin d'aller si tôt au collège... » Alors il y a eu Kolwezi. Il était courageux parce qu'il voulait mourir. Il avait sauté sur une mine, le crâne en bouillie, un grand bout d'os manquait. « On m'a mis une plaque d'acier à la place. » Il se tâtait le crâne.

Les Invalides, pendant six mois avec les éclopés, ceux en fauteuil roulant, les jambes arrachées. Lui, il n'avait que la tête fracassée. Il aurait pu se faire mettre en invalidité. Mais il était jeune, il ne tenait pas en place, claquait sa solde en une soirée pour une fille rien qu'en lui offrant des roses et du champagne ou pour un clochard auquel il donnait tout ce qu'il avait. « Rien dans les mains, rien dans les poches, juste ma plaque et mon tatouage. » Les services spéciaux cherchaient un homme de confiance discret, efficace, pour une mission délicate. Il avait dit oui, sans savoir. Et il s'était trouvé face au Président, comme ça, dans son bureau à l'Élysée. Là, il ne pouvait en dire plus. Secret défense. Enfin il pouvait confirmer que Mitterrand aimait les femmes et que cela ne rendait pas sa tâche facile.

13

— Et c'est à cet homme qu'elle avait choisi de confier son bébé !

— Attendez, attendez, madame le juge. Provisoirement. Que l'on se rappelle les circonstances.

Elle était à la fin de son congé de maternité et elle allait retourner au bureau du contentieux. Elle avait toujours pensé que sa mère prendrait le bébé chez elle. Qu'elle le lui apporterait le matin et qu'elle le reprendrait le soir. Mais quand elle lui en avait parlé, la veille de retourner au bureau, sa mère s'était braquée. Elle lui avait dit que c'était impossible, qu'elle ne pouvait pas se charger du bébé. Elle était veuve et avait désormais le droit de vivre, de profiter de sa liberté ! Et puis elle était partie dans une grande crise où elle lui avait rappelé qu'elle était adulte et qu'elle devait se comporter en adulte. Elle lui disait cruellement qu'il était temps de devenir mère, d'assumer Camille-Angelo. Pendant sa grossesse, elle n'avait cessé de tergiverser, amniocentèse, avortement thérapeutique en cas de malformation, accouchement prématuré, couveuse... et puis quoi encore ? La DDASS ?

Abandonnée par son mari, et maintenant par sa mère, bouleversée, Cathy ne savait plus quoi faire car il n'était plus temps d'engager une aide maternelle ou d'obtenir une place dans une crèche. Jeff lui proposa de garder le bébé. Au moins provisoirement, au moins pendant qu'il terminait les travaux.

– Je suis déjà sur place, dit-il comme une évidence.

Oui, elle lui confia son bébé au nom de Lili, au nom des enfants morts. Un homme qui aimait tellement les enfants, qui s'y prenait si bien. Un homme si doux qui savait si bien calmer les pleurs d'un nourrisson. Un homme qui avait perdu d'un coup tous ses enfants. C'est à cet homme-là qu'elle avait confié Camille-Angelo de 8 heures à midi et de 2 heures à 5 heures, cinq jours sur sept. Sans compter qu'il s'occuperait aussi d'Olivier, qui restait à la maison le mercredi après-midi.

Bien sûr, le seul qui y trouva à redire, ce fut Tony, qui s'était inquiété du nouvel emploi du temps de Cathy. Qu'avait-elle à se précipiter pour reprendre son travail ? En s'y prenant bien, elle pouvait faire durer son congé de maternité six mois de plus. Il donnait en exemple Malou, qui se consacrait à leur Angelo.

C'était justement parce que Malou avait abandonné le bureau que Cathy ne pouvait rester plus longtemps absente. C'était parce que Malou jouait à la bonne mère que Cathy devait délaisser son enfant.

Cela embêtait Tony qu'un inconnu se trouvât seul avec Camille-Angelo. Il avait des préjugés sur les hommes. Pourquoi, puisqu'il s'agissait du compagnon de Lili, ne pas confier le bébé directement à Lili ? Cela valait peut-être le coup de l'emmener là-bas et d'aller l'y rechercher le soir.

Cathy, elle, ne voyait pas pourquoi elle aurait dû conduire l'enfant dans une casse alors qu'il y avait tout le confort à la maison avec un homme de confiance, responsable, un vrai père de famille, lui. Tony avait baissé la garde.

– Enfin tu sais mieux que moi...

Bien sûr elle savait mieux que lui, c'était facile de venir faire l'inspecteur des travaux finis, alors qu'il l'avait abandonnée avec Olivier et le bébé !

Assise en face de Jeff, qui finissait dans la casserole la blédine du bébé, elle se plaignait de Tony. Toujours cette inconséquence, cette légèreté qui l'avait séduite autrefois mais qui l'avait épuisée au fil du temps. Et puis cette façon que Tony avait encore de régner en maître, de donner son avis sur des choses qui ne le concernaient plus. Que lui importait la façon dont pouvait être gardé Camille-Angelo, alors qu'il pouponnait et berçait un autre bébé ? Toujours des jugements à l'emporte-pièce, sans savoir. Se défier de Jeff, qu'il ne connaissait pas, comme il mettait en doute d'ailleurs tous ceux qui l'entouraient, la protégeaient et lui étaient restés fidèles. Politique de la terre brûlée. Non seulement il partait mais il voulait faire le vide autour d'elle, la plonger dans la détresse et la solitude. Qu'elle ait retrouvé des amis, que la vie continue, il ne le supportait pas. Il était infidèle, prétentieux et jaloux. Il l'avait toujours détestée, elle s'en rendait compte, toujours méprisée, la mettant continuellement en position d'infériorité. Et puis elle le subodorait maintenant, sous prétexte d'une séparation à l'amiable, il préparait son coup et son coup ce serait de lui prendre les enfants, Olivier et Camille-Angelo ! Ne lui avait-il pas proposé de faire garder le bébé par Malou ! Pendant qu'elle se tuerait au travail, l'autre se pavanerait avec deux bébés dans la poussette, histoire de montrer à tout le monde comme le sien était plus beau que l'autre. Cathy pleurait en se tenant la tête.

Jeff l'écoutait gravement. Il détestait qu'elle eût du chagrin à ce point, elle ne le méritait pas. Il comprenait que cet homme, qu'il ne connaissait pas, le détestait a priori et voulait l'empêcher de garder le bébé pour lequel il se sentait tout l'amour qu'il portait toujours à ses enfants morts. Il avait perdu trois enfants, mais maintenant son cœur se réparait auprès des enfants de Cathy. Ceux-là, on ne les lui enlèverait pas.

En y repensant, Cathy ne savait pas ce qui fut le plus dur le matin de son retour au bureau, laisser Camille-Angelo à Jeff ou reprendre le travail. Elle avait posé le lait et les biberons propres sur la table de la cuisine en recommandant à Jeff de sentir sur le dos de sa main la température du lait et en insistant bien pour qu'après avoir changé le bébé il passe son index dans la ceinture de la couche pour vérifier qu'elle n'était pas trop serrée. Au fond ses craintes se résumaient à un biberon trop chaud, une couche trop serrée. En revanche là-bas tout l'attendait en l'état, l'état d'avant la révélation de l'adultère, avant le scandale de l'accouchement de Malou, avant le départ de son mari, avant son propre accouchement prématuré. Une montagne de malheurs. Elle arriva la tête vide et les mains glacées.

Baisers à la concierge. Ça va bien ? Ça va bien. Et vous ça va bien ? Oui, ça va bien. Sous-entendus. L'escalier à la jolie ferronnerie, les tomettes disjointes, perdre l'équilibre, se casser la figure, dégringoler, mourir. La porte aux deux tons de rose, ne pas pouvoir tourner la poignée, les mains impuissantes, le bras sans force. Et puis la porte ouverte, tout s'anime, le crapaud jaillit de derrière son bureau, un baiser, deux baisers, trois baisers, histoire de passer devant sa bouche. Ça va bien ? Ça va. Et vous ça va bien ? Oui, ça va bien. Sous-entendus. La stagiaire à gauche, le bureau de Malou en face, comme si elle l'occupait encore, les photos dans le cadre de la glace, le diplôme de la plus jolie maman, le petit Papin sur l'ordinateur éteint. Au moins elle ne peut pas savoir si elle a laissé dedans l'échographie de son fœtus. Ses yeux ne voient plus.

Dans son bureau, elle allume l'ordinateur et appelle l'imagerie du réseau des eaux. Elle fait défiler les centaines de kilomètres de canalisations et de tuyaux qui apportent l'eau du canal de Provence. Elle regarde captivée ces traits, ces cercles, toutes ces figures géométriques et autres graphiques de couleur et, tant qu'à faire, elle interroge la consommation de l'eau depuis son départ, les pics et les creux. Plus de visages, plus de mots. Quand elle se sent mieux, elle pense au bébé et elle appelle Jeff sur son portable. C'est la première fois qu'elle lui téléphone et l'enquête téléphonique débute à cette date, à cette heure. Le 15 septembre 2005 à 9 heures du matin. Elle demande :

– Ça va ?

– Ça va bien.

Jeff est joyeux et disert, il dit les mots qu'elle veut entendre : Camille-Angelo a bu son biberon jusqu'à la dernière goutte. Quel cadeau que cette « dernière goutte ». Elle ne sait pas encore que c'est Jeff qui termine tous les biberons.

14

La juge demanda à Cathy quand elle avait su la vérité sur les enfants de Jeff. Cathy répondit qu'elle ne l'avait apprise que bien après l'arrestation de Jeff, alors qu'elle venait d'être incarcérée. C'est un policier qui lui avait révélé que les trois enfants du tatouage étaient bien vivants mais sous protection de la DDASS, séparés d'un père déchu de son autorité paternelle, accusé par la mère de mauvais traitements, de coups, d'actes de barbarie. C'était énorme.

Elle avait eu peur de Jeff progressivement. Elle avait passé sur son aspect physique répugnant pour se rendre compte très vite que cela n'allait pas bien non plus dans sa tête. Elle avait mis quelque temps à deviner qu'il pouvait être une menace et, l'ayant subodoré, elle en avait eu peur au point de ne plus avoir avec lui une attitude naturelle, mais d'adoucir ses phrases et ses gestes pour qu'il ne se sentît pas provoqué. La terreur était arrivée juste après, quand elle s'était rendu compte qu'il était incontrôlable. C'est à cette période qu'elle l'appelait tout le temps sur son portable, pour le situer et surtout pour savoir s'il n'était rien arrivé de grave. Quand il décrochait, et qu'il disait que cela allait bien, elle respirait. Quand il raccrochait, elle ne respirait plus jusqu'au coup de téléphone suivant, qu'elle avançait de plus en plus comme un drogué avance la nouvelle prise.

— Dix appels dans une matinée, constata la juge, autant l'après-midi. Jeff dit que vous le harceliez et qu'il devait éteindre son portable pour avoir un peu de paix.

Cathy ne pensait pas qu'après avoir vécu l'appréhension, la peur, la terreur, après avoir plongé dans l'horreur, elle pût encore descendre plus bas. Eh bien oui, après le crime, il y eut pire, les circonstances du crime, et pire encore, la personnalité du meurtrier. Il fallait que celui qui avait tué sauvagement soit un monstre. Le policier lui racontait méchamment, elle voyait à quel point il la haïssait, les sévices répétés sur Samantha, quatre ans, nue à genoux sur le manche à balai, une brique dans chaque main. Les coups sur Kevin, dont Jeff avait si violemment tiré les cheveux que la peau s'était détachée du crâne comme un scalp. Cathy mettait les mains sur ses yeux pour s'empêcher de voir. Mais les images étaient dans sa tête : la culotte blanche de la petite fille, descendue sur les chevilles ; la peau flasque autour d'un crâne d'enfant, une peau qui pend, par-devant ? par-derrière ? sur les côtés ? On lui avait collé une plaque de fer.

Kolwezi, c'était donc quinze ans de centrale. Il en était sorti gras comme un phoque, distendu de la tête aux pieds comme un lion de mer, incapable de se mouvoir, dans sa graisse comme dans une prison, essoufflé, confit, croquant le sucre par poignées. À Cathy, il avait confié, comme un petit travers dont on s'accuse pour être mieux pardonné : « Je mets beaucoup de sucre dans mon café. »

Elle avait compté jusqu'à cinq morceaux dans une petite tasse, il touillait le sirop et suçait la petite cuillère.

Il fallait que la juge comprît que maintenant, c'était clair comme de l'eau de roche. Mais avant ? Comment en partant du sucre dans le café pouvait-elle remonter jusqu'à la prison, et de la prison à la torture des enfants, et de la torture des enfants aux tortures qu'il avait lui-même endurées ?

— Surtout qu'il mettait proportionnellement peu de sucre dans son café, plaisanta la juge. À cinq morceaux vous avez laissé passer, cela veut-il dire qu'à dix vous vous seriez inquiétée ? Allons, allons, vous saviez parfaitement à qui vous aviez affaire. Vous le dites, vous le répétez, il vous dégoûte, il vous inquiète, il vous répugne, il vous fait peur, il vous terrorise et vous le gardez bien au chaud près de vous, vous le nourrissez avec les restes de bouillie de votre bébé, vous lui sucrez son café. Vous comptez chaque fois cinq sucres !

C'était reparti. Vous êtes une femme intelligente, vous avez des responsabilités, vous avez fait des études, bac + 3. Décidément la juge y tenait. Devant tant de hargne, l'avocat de Cathy se demandait quel était le message intrinsèque de la juge, peut-être voulait-elle dire, intelligente comme moi, bonnes études comme moi, responsabilités comme moi, bon milieu comme moi. Il fallait que Cathy la rassure, qu'elle fasse allégeance, qu'elle se mette sur le dos comme un chien, les pattes en l'air pour que l'ennemi fouille son ventre de la pointe du museau et n'y trouve pas la moindre parcelle d'orgueil, de suffisance. Bac + 3, seulement bac + 3, comme tout le monde. Juste une petite spécialisation, mais rien du tout, en droit de l'écologie. La chance d'un concours mais régional. Pas un soupçon de sens des affaires, pas une once de psychologie. Elle ne savait même pas lire.

— Qu'est-ce que vous êtes en train de me raconter ? Je vais vous croire, vous ne savez pas lire !

Que la juge l'écoute, que la juge l'entende, Cathy n'a qu'un secret, c'est celui-là. Elle ne sait pas si cela a un lien avec l'affaire, elle ne sait pas si sa confession lui portera préjudice, mais s'il faut qu'elle avoue quelque chose, c'est ça, cette incapacité de lire. Car voyez-vous, madame le juge, Cathy a toujours voulu lire, cherché à lire, désiré lire. Elle a acheté des livres, des prix, une couverture, un titre, une jolie exposition sur une table ou dans une vitrine. Elle s'est fait aider par des revues, des journaux, des feuilletons, des plumes couchées, des bonshommes hilares, des étoiles. Et chaque fois : raté. Elle ouvre le livre, une ligne, deux lignes et puis son attention est attirée par un mot, le mot remplit sa tête d'autres mots ou alors ses yeux sélectionnent une lettre, comme une pierre dans un sac de lentilles et tournent autour de son dessin. Je vois extrêmement bien, précise Cathy, je vois jusqu'aux cils des poules...

— Vous direz cela aux experts psychiatres. Si c'est ce que vous avez choisi comme défense.

La juge leva les sourcils, hocha la tête, pinça la bouche. D'une main glissée prestement sous le bureau, elle rajusta le talon de son escarpin sur un pied un peu gonflé par la position assise et demanda aux gardes d'emmener l'accusée.

15

Maintenant qu'elle avait réglé – provisoirement – la garde de Camille-Angelo, l'inquiétude de Cathy se portait sur l'étendue des travaux de Jeff. Il avait commencé par la porte d'entrée qu'il avait, fils sectionnés, prise désorbitée, sonnette pendouillante, rendue muette. Il avait progressé tout le long du corridor selon le trajet de l'électricité qui, par bonheur, se trouvait simplement recouvert d'une baguette à l'ancienne. Il avait arraché la baguette et suivait le chemin complexe de fils électriques difficilement identifiables. Sortis du mur, étalés sur le sol, ils formaient des nœuds inextricables. Avec une certaine logique, ces fils avaient abouti au palier, où Jeff avait ouvert trois chantiers simultanés : l'électricité du salon, celle de la cuisine et celle de l'escalier.

C'est l'escalier qu'il avait privilégié, laissant le reste en état de chantier chronique. Il voulait atteindre la lingerie, donc la chambre du bébé et réaliser la promesse qu'il avait faite à Cathy le premier jour de mettre au point un système d'ouverture électronique qu'elle puisse actionner de cette pièce, sans se déranger pendant qu'elle repassait. Donc il avait attaqué l'escalier avec l'équipement métallique d'un alpiniste. Dans une progression lente mais sûre, il faisait tout sauter. En le voyant ainsi à mi-pente, elle eut l'impression brève mais catastrophique que la maison était la proie d'insectes souterrains qui avaient grignoté les murs, bouffé les plinthes, recraché une quantité énorme de fils. Elle eut aussi l'autre vision d'un corps écorché qui laissait apparaître ses vaisseaux et ses veines. La maison était à l'agonie et elle ne s'en était pas aperçue.

Elle était prise entre deux attitudes, entourer Jeff de sollicitude, l'admirer et le plaindre pour cet énorme chantier tout en ne se mêlant de rien ou exiger qu'il remballât les outils, remît les lieux dans l'état où il les avait trouvés. Il lui offrit une troisième solution, parfaitement contraignante. Il lui demandait, selon qu'il tordait tel ou tel fil depuis le premier étage, si ça marchait dans l'entrée ou le salon. Le jeu pouvait durer des heures et il se reproduisit plusieurs soirs de suite.

– Ça s'allume ?

– Non.

– Et maintenant ?

– Non.

Il intervertissait les fils, reformait de nouveaux circuits.

Il la tenait à sa botte, car pour Cathy le rétablissement de la lumière primait sur tout, le repas qu'elle préparait dans la cuisine, la conversation qu'elle avait avec son grand fils dans sa chambre, la toilette du bébé dans la salle de bains. Elle avait même remarqué que c'était quand elle était le plus occupée qu'il la rappelait à l'ordre, comme un enfant appelle sa mère à son chevet :

– Cathy !

Elle se précipitait.

– Ça s'allume ?

Il devint très vite évident qu'il ne pouvait rétablir les circuits qu'il avait emmêlés et, on le constaterait plus tard, détruits, et qu'il lui faudrait l'aide d'un circuit électronique, bref d'une recomposition totale du système électrique, pour rétablir la lumière là où elle était. Tant qu'il y était, puisque cela allait engager certains frais, il proposa à Cathy de refaire toute l'électricité de la maison. Le plus étonnant fut qu'elle accepta, il faut dire que Jeff lui avait expliqué qu'avec ses plombs, ses câbles recouverts d'un vieux chatterton devenu cassant, ses fils mal isolés, protégés contre tout bon sens par une baguette de bois sec, recouverte elle-même d'une peinture hautement inflammable, le vieux système était non seulement dangereux mais illégal. En cas d'incendie, l'assurance ne rembourserait rien.

Elle entendit « incendie ». Elle vit la maison en flammes. Elle vit le bébé prisonnier dans la lingerie et elle, luttant pour aller le chercher, la porte d'entrée encombrée par des poutres fumantes, l'escalier en feu empêchant l'accès au premier étage. Elle dit oui. Elle remercia Jeff avec effusion. Une fois de plus il la sauvait. Les dangers inconnus lui donnaient le vertige. Dans un geste qui lui était habituel, elle avait enfoui son visage pour le dissimuler entre ses bras croisés. C'était un geste de désespoir et d'abandon, un geste d'écolière qui refuse de voir. Il la regardait les cheveux étalés sur son visage, son cou et ses épaules. Elle pleurait, il voyait aux soubresauts de son dos qu'elle sanglotait. Elle était seule et perdue, elle n'avait d'espoir qu'en lui, elle en faisait son sauveur.

Entre-temps, il fallut vivre dans l'ombre. Jeff avait apporté une lampe à pétrole qui éclairait le soir la cuisine d'une courte lumière orange qu'il appréciait particulièrement, affirmant qu'en Israël il n'adopterait pas d'autre système d'éclairage. Tout à la bougie. Jamais Cathy ne s'était couchée si tôt, elle s'en consolait, c'était au moins un bon alibi pour ne pas lire. Pourtant ces conditions d'éclairage si précaires entraînèrent une des plus violentes scènes qu'elle eût avec Tony.

Sans s'en plaindre, Olivier avait raconté à son père les conditions pittoresques et drastiques dans lesquelles il faisait le soir ses devoirs. Tony avait poussé un peu plus loin l'interrogatoire et avait été étonné d'apprendre que la situation s'éternisait depuis vingt jours. Vingt jours de bougie et de lampe à pétrole. Quelle était l'entreprise qui laissait une famille dans cette situation pénible ?

– L'entreprise, c'est Jeff, dit naturellement Olivier.

– Jeff, le type qui vit avec Lili ? interrogea Tony. Alors il garde Camille-Angelo, et il rafistole l'électricité ! Ta mère n'a pas toute sa tête.

Il était venu la trouver au Service des eaux. Il était entré directement dans son bureau. Comme toujours, il était pressé, nerveux, il faisait sauter ses clés d'une main dans l'autre. Sans s'asseoir, la dominant de toute sa taille alors que le souffle coupé par la surprise derrière son ordinateur elle n'arrivait pas à se lever, il lui avait dit son mécontentement. Il ne voulait pas que ses fils vivent dans un pareil bordel. Il fallait qu'elle remédie à la situation, qu'elle cherche une vraie entreprise de rénovation. On ne traitait pas au noir des affaires d'une pareille importance. Est-ce qu'elle avait pensé à l'assurance ?

Elle reprit assez ses esprits pour lui rétorquer que s'il s'était un peu plus soucié de la maison pendant leur mariage au lieu de consacrer son temps libre au jogging, au tennis, à la pêche sous-marine, à la boxe asiatique, au vtt, au ski, au parapente et à l'OM – elle mélangeait à dessein les sports pratiqués par Franck et ceux dans lesquels Tony excellait –, s'il avait un peu tenu en place, il aurait vu que l'électricité n'était pas aux normes et qu'ils vivaient sur un brasier tout préparé où il ne suffisait que l'éclair d'un court-circuit pour que la maison s'embrase et que toute la famille disparaisse dans les flammes. Parlons-en, de l'assurance.

Tony était revenu à la charge, mais plus calmement, il lui avait dit qu'il venait avec Malou de louer un appartement aux Floralies et qu'il y avait assez de place pour y accueillir Olivier et Camille-Angelo, au moins pendant les travaux. Elle s'était redressée comme une tigresse. Et, le mettant à la porte, elle criait : « Tu veux m'enlever mes enfants, tu veux qu'elle les élève à ma place ! »

Dans le bureau d'à côté le crapaud et la stagiaire entendaient de grands éclats de voix. Ils témoignèrent plus tard que Tony était parti très en colère, poursuivi par Cathy en rage qui hurlait : « Mes enfants, tu ne les auras jamais, tu entends, JAMAIS. »

16

Les Floralies étaient un lotissement comme il y en a tellement, une concession d'immeubles de quatre étages, peints en ocre couleur Sud avec des arbres si petits qu'ils n'étaient, albizzias ou oliviers, que des branches, protégées de l'urine des chiens par une grille et puis un gazon si vert qu'il en paraissait faux. C'est là que le couple adultère se dilatait passionnément avec une cuisine intégrée, un salon en cuir et des chambres de neuf mètres carrés. Pas de problème d'électricité. Les robinets tous avec mélangeur. C'est là que Tony voulait élever ses enfants !

Cathy avait prétexté un malaise pour rentrer chez elle. Elle avait tant de colère et de rancune qu'elle raconta à Jeff sur-le-champ la scène que lui avait faite Tony, et la menace cette fois explicite de lui enlever les enfants. Plus tard Jeff devait dire qu'à ce mot d' « enlever les enfants » il avait ressenti une douleur terrible et, il le reconnaissait, disproportionnée à ce qu'elle impliquait réellement, le séjour de quelques jours des enfants chez leur père. À son avocat, il avait confié qu'il avait trouvé injuste qu'on le séparât de Jennifer, Samantha et Kevin car, quoi qu'il leur ait fait, il les aimait. Il lui avait expliqué que sa douleur était semblable à celle qu'on aurait pu lui infliger en lui découpant l'épaule et en lui charcutant la poitrine pour dégager le cœur. Et qu'il n'avait trouvé de parade à cette douleur qu'en lui en substituant une autre plus forte encore qui avait été de se faire inscrire à vif le nom de ses enfants dans la chair.

À Cathy, il raconta son trouble et son chagrin, en évoquant ses enfants morts. Le terrible souvenir qu'il avait de ce matin de l'accident où de but en blanc, sans aucune préparation, ils furent enlevés de sa vie. Il dit qu'il ne connaissait pas de plus grande douleur. Il dit qu'il ne supporterait pas qu'on lui enlève les enfants, il le disait sans qu'on sache si c'était à lui ou à elle qu'il faisait allusion. Il donnait sa parole d'honneur. Il donnait sa vie. Les enfants, c'était sacré.

Il est évident que Cathy ne voyait pas le danger où il était. Tony l'avait fait souffrir et il était son ennemi. Jeff avait montré de la compassion et il était son ami. C'était aussi simple que cela. Ils s'associèrent dans une complicité forte contre l'ennemi commun. Tous les dangers ne pouvaient venir que de Tony, dangers probables, demande de la garde des enfants ou du moins demande de la garde partagée, dangers incertains, prétention sur la maison, procès multiples. Il était capable de tout. Cathy et Jeff s'encourageaient l'un l'autre dans une paranoïa qu'amplifiaient leurs personnalités. Car, comme devait le dire l'avocat de Cathy dans un aparté avec les experts psychiatres, si cela n'avait pas été lui, si cela n'avait pas été elle, rien ne se serait passé. Il avait ajouté que les chances pour qu'une femme comme Cathy rencontre un type comme Jeff étaient de l'ordre de l'improbable, cet improbable bien concret qui s'appelait Lili. Il avait ajouté encore que les chances pour que le mélange improbable fusionne et explose tenaient à rien du tout. Le rien du tout c'était que Tony la trompe. Autant dire, avait conclu l'avocat, que ce qui était arrivé était de l'ordre du destin. Pas plus et pas moins qu'un accident de voiture.

Si le conducteur de la voiture A, partant de X à 9 heures du matin, retarde son départ d'une minute parce que le téléphone a sonné et que le conducteur de la voiture B, partant de Y à 9 h 30, s'arrête six minutes cinquante au distributeur automatique de café de la station Z, ils se télescopent à 11 h 45, c'est le destin. Il suffit de modifier un élément, n'importe lequel et n'importe où, et la collision ne se produit pas.

Dans le cas de Jeff et de Cathy, le destin veillait à ce que la collision ait lieu. Comme dans un contrat particulièrement vicieux, y étaient inscrits des clauses absurdes, des conditions improbables, des alinéas impossibles.

Les psychiatres voyaient dans la rencontre de Jeff et de Cathy non pas le signe du destin mais une obligation de rencontre. Le morceau de puzzle Jeff s'encastrait parfaitement au morceau de puzzle Cathy. Il y avait à leur réunion ce qu'ils appelaient une nécessité. La nécessité est un instinct impérieux qui force les êtres à se retrouver pour accomplir un désir supérieur et commun qui répare des blessures pourtant d'origines différentes. Le bourreau trouve sa victime mais la victime cherche son bourreau.

Alors, avança un expert, l'innocence extrême de Cathy devait s'abîmer avec bonheur dans la fange de Jeff et le mal fatal qui rongeait Jeff réclamait d'être transfiguré par l'innocence lumineuse de Cathy. En quelque sorte Cathy avait inconsciemment choisi en Jeff l'outil de sa vengeance et Jeff avait choisi en Cathy l'être auquel il voulait se sacrifier en réparation de tout. Cela faisait deux coupables.

À moins, en inversant les données, que la culpabilité dont regorgeait Cathy, sa violence contenue, son fantasme de mort essentiellement concentré sur le bébé mais qui se répandait sur l'entourage, sa mère, son mari et même ses collègues de bureau n'aient trouvé un exutoire dans l'extrême impuissance de Jeff. Que pouvait-il refuser à la mère qu'il adore, rien, surtout pas tuer le père. Cela fait toujours deux coupables.

— Le tout, dit la juge en mettant un terme à la discussion, est de savoir qui est le plus coupable : la main qui exécute ou la tête qui commande ?

17

La juge voulait savoir où était passée Lili depuis septembre.

— Vous l'aviez retrouvée pour la première fois à la clinique fin mai, c'est bien cela ? Et vous vous étiez revues en juillet et en août dans le mobile home en présence de Jeff ? Vous faisiez allusion à ce chien attaché à un pneu.

Oui, Cathy était allée là-bas deux dimanches ou trois, pendant que le bébé était en couveuse, pour se donner du courage. Et puis quand elle avait pu reprendre le bébé et le garder avec elle, elle n'avait plus quitté la maison. Et c'est Jeff qui était venu proposer ses services.

— Mais Lili, la juge insistait, vous ne l'avez pas revue avant le crime ? Vous ne lui avez pas passé un coup de fil pendant toute la période où Jeff travaillait chez vous ? Vous ne trouvez pas cela étrange ? Vous comprenez ce qu'induit cette mise à l'écart de Lili, une complicité entre Jeff et vous, et ce que cela sous-entend sur des rapports amoureux que vous auriez voulu lui cacher ?

Entre le moment où Jeff avait sonné à sa porte et le crime, il s'était écoulé à peine deux mois. Et les deux mois avaient été occupés par la présence nouvelle et exigeante du bébé, par son conflit latent avec sa mère, par sa reprise prématurée du travail. Elle le reconnaissait : elle fuyait sa maison. Et puis ses relations avec Lili étaient comme cela. Elles restaient des années l'une avec l'autre, et puis Lili disparaissait. Elle avait disparu tout le temps de la fac, elle avait reparu au bureau, et puis nouvelle disparition, cinq ans sans en entendre parler avant qu'elle ne surgisse à la maternité. Bien sûr, elle comprenait ce que suggérait la juge. Lili n'était pas partie cette fois-là, c'est Cathy qui n'avait plus donné signe. Jeff étant continuellement présent dans sa maison, elles auraient dû se voir davantage.

C'était parce que Jeff était présent qu'elle n'avait plus ressenti le besoin de voir Lili. Il lui parlait d'elle tous les jours. Lili était très occupée avec la casse, elle réceptionnait les voitures dès le matin et revendait les meilleures avant de procéder au broyage des épaves. Jeff était là le soir, pour négocier les pièces détachées avec les acheteurs d'occasion, des bricoleurs qui réparaient leurs tires. Toute la journée, il était censé travailler – au noir – chez divers employeurs.

D'ailleurs Lili l'appelait sur son portable plusieurs fois par jour.

— Est-ce que Lili savait qu'il travaillait chez vous ?

Sûrement, puisque c'est elle qui l'avait encouragé à venir. Il s'était présenté de sa part. Il avait dû lui dire en rentrant qu'il allait commencer un chantier chez elle.

— Mais vous, Cathy, le lui avez-vous dit d'une façon ou d'une autre ?

— Non.

— Pourquoi ?

Qu'est-ce qu'elle en savait ? À cause du premier jour. Normalement, après le passage de Jeff, elle aurait dû appeler Lili pour la remercier et lui dire qu'ils étaient convenus de rénover l'installation électrique de la maison. Elle n'avait pas téléphoné, sachant bien que Jeff ferait le compte rendu de leur rencontre tout seul. Appeler, c'était prendre des précautions contre Jeff qu'elle n'avait pas à prendre. Le fliquer en quelque sorte. Pourquoi ?

Et puis, il y avait ce rapport difficile qu'elle entretenait avec le téléphone. Elle l'utilisait comme l'utilisaient ses grands-parents, brièvement, pour des affaires urgentes. Le téléphone de la maison datait de Mathusalem, massif, en bakélite noire avec un cadran circulaire où l'on enfonce les doigts dans les trous. Il était pour l'urgence, pas pour le bavardage, on le lui avait souvent rappelé quand elle était enfant. Le téléphone devait rester libre, c'est-à-dire silencieux. Au bureau, elle disposait d'un autre appareil, clavier à touches, plusieurs lignes, très professionnel. Mais même celui-là, elle ne l'utilisait pas beaucoup, elle recevait plus d'appels qu'elle n'en passait elle-même. Le portable ? Elle n'en avait pas. Tony vivait avec le sien à la main, à l'oreille d'un appel à l'autre. Son attitude au téléphone recoupait son attitude dans la vie. Elle n'appelait pas. Elle n'appelait pas à l'aide.

— Vous serez difficilement crédible quand l'accusation produira le nombre de coups de téléphone dont Jeff a été harcelé, il dit « harcelé », pendant... votre liaison.

Oui, elle l'avait appelé follement, maniaquement, désespérément. Mais la juge le savait bien, c'était en urgence, comme pour les pompiers ou le SAMU, des coups de fil très brefs, juste pour crier au secours.

— Donc vous n'essayez pas de joindre Lili le premier jour. Mais le lendemain, tout le mois suivant ?

C'est parce qu'elle n'avait pas appelé le premier jour qu'elle n'avait pas pu appeler après, comme si justement il y avait eu à dissimuler quelque chose à Lili de ce premier jour. Pourtant en faisant défiler chaque instant de la visite de Jeff, il n'y avait rien à cacher. Sauf qu'elle le trouvait répugnant et que Lili, qui lisait en elle comme à livre ouvert, connaîtrait son dégoût. Mais non, ce n'était même pas ça. Il était devenu répugnant au fil du temps, de plus en plus répugnant au fur et à mesure qu'elle le perçait à jour. Et puis il y avait cette affaire de travail au noir. Elle n'avait jamais fait travailler personne illégalement. En plus Jeff n'avait rien demandé, elle ne savait pas aborder la question de sa rémunération. Un devis aurait mis les choses au clair. Il aurait été question de travaux et d'un montant.

— Lili tenait les cordons de la bourse, elle vous aurait éclairée.

Oui, c'est certain, mais les choses s'étaient passées comme cela. D'une certaine façon, elles étaient mal engagées. Le travail au noir avait beaucoup pesé. Il avait fallu prendre des précautions pour cacher le chantier aux voisins. Elle n'ouvrait pas sa porte à tout le monde, accueillait les visiteurs au portail, les laissait dehors. Jeff garait sa voiture dans une autre rue. Cela créait des rapports bizarres, clandestins.

— Un peu comme un adultère ?

Elle ne savait pas, elle n'avait jamais trompé Tony. Mais il est vrai qu'elle cachait la présence de Jeff, du moins qu'elle ne disait pas réellement le temps qu'il passait avec elle, surtout depuis qu'il gardait Camille-Angelo. Il arrivait à

8 heures du matin, et elle avait du mal à le faire partir le soir. Il désirait, c'était visible, manger avec elle, goûter sa cuisine, l'aider à préparer la nourriture. Il finissait les casseroles. Il ne partait que parce qu'elle le mettait à la porte. Et tout le temps qu'il était là, personne n'entrait. Pendant cette occupation forcée, Jeff ne rencontra qu'Olivier.

Il y avait encore deux choses qu'elle tenait à ajouter. Les travaux avaient pris des proportions apocalyptiques, c'était une blessure, un chancre, une mutilation dans la maison et elle ne voulait pas que l'on vît ce qu'elle avait laissé faire. Le seul à avoir mesuré, à travers les paroles d'Olivier, l'ampleur dramatique du chantier, c'était Tony, et il avait tout de suite proposé de prendre les enfants chez lui. Elle avait compris alors qu'en plus d'avoir été quittée elle risquait de se voir enlever les enfants et confisquer la maison. Il fallait jouer serré. Tony n'était pas qu'un mari volage, il était son ennemi, il ferait feu de tout bois, elle le savait.

18

Quelques jours après leur violente altercation au bureau du contentieux, Tony était venu à la maison. Il voulait prendre des nouvelles des enfants, constater de visu la nature du chantier et emporter à cette occasion les cannes à pêche qu'il avait laissées dans la cabane du jardin. Il trouva le portail fermé. Comme il savait comment l'ouvrir, il passa la main à travers la grille et tira le verrou. Quand il arriva devant la porte d'entrée, il constata qu'elle aussi était fermée. Il n'y avait plus de sonnette, il frappa. Rien. Il tambourina. Rien.

Après un temps qui lui parut très long, Cathy ouvrit. Elle se tenait dans l'entrebâillement de la porte pour l'empêcher d'entrer. Il devait confier à son entourage, Malou le répéta, qu'il avait été saisi par son aspect. Cathy n'était pas dans son état normal. Autant que la lumière diffuse de la fin de journée le lui laissait deviner, elle était très pâle, à la fois rétractée et prostrée.

Elle lui avait dit qu'elle ne voulait pas qu'il entre. Qu'elle était chez elle, et qu'il devait s'en aller.

Il avait tout de suite compris qu'il ne devait pas lui parler comme à une personne normale mais tenter de l'apprivoiser en la rassurant. Il avait longtemps parlementé à la porte et le jour était tout à fait tombé. Il lui avait juré qu'il ne lui voulait pas de mal. Elle se défendait excessivement, comme devant un ennemi qui la mettait physiquement en danger. Elle parlait fort, avec une voix de tête, comme si elle s'adressait non pas à lui, qui se trouvait en face, mais à un auditoire plus vaste – il pensa même alors qu'elle voulait alerter les voisins, les appeler au secours – et, on le comprendrait plus tard, à un témoin qui se trouvait à l'intérieur.

Ses propos, eux-mêmes, étaient incohérents. Elle ne répondait pas à ses questions, mais répétait en criant : « Va-t'en, va-t'en. Tu ne prendras pas les enfants. Si tu prends les enfants, je te tue, je tue Malou, je tue ton fils. » Elle délirait. Tony lui demanda de se calmer. Il n'était pas venu chercher les enfants, il ne les lui prendrait jamais, il n'avait rien à lui reprocher, elle était une bonne mère. Il croyait seulement qu'elle avait des difficultés passagères, et il voulait l'aider. Sa sollicitude ne faisait qu'amplifier la nervosité de Cathy.

– Aider ? Tu veux m'aider après avoir ruiné ma vie ! M'aider en m'enlevant mes enfants peut-être, en les faisant éduquer par Malou aussi...

Il avait forcé l'entrée en la bousculant, et l'ampleur de la dévastation lui sauta aux yeux, ce n'étaient que murs creusés, portes dégondées, prises arrachées, appliques tordues et encore ne vit-il pas le détail car l'escalier était dans l'ombre. Son attention fut captée par le berceau, qui était posé au milieu des fils électriques. Il se précipita vers la corbeille et souleva le bébé. Il était vivant. Cathy le lui arracha des bras. Ils entrèrent dans la cuisine. Olivier faisait ses devoirs sous la lampe à pétrole, il écoutait de la musique avec son baladeur. Tout semblait normal. Olivier était tranquille et le bébé allait bien. La panique qui l'avait saisi quelques minutes plus tôt au point d'avoir pensé que le bébé était mort et que Cathy cherchait à dissimuler son cadavre se dissipa. Il fut rassuré quand Cathy lui annonça que les travaux seraient achevés sous quinzaine. Tout cela, il l'avait bien senti, n'était qu'un embarras provisoire qui mettait les nerfs de Cathy à vif. L'électricité réparée, tout rentrerait dans l'ordre.

Il alla avec Olivier chercher le matériel de pêche dans la cabane du jardin, la maisonnette de bois qu'on appelait selon l'époque le kiosque ou la maison des poupées. Ils le portèrent ensemble jusqu'au 4x4. L'ambiance était bonne, un père riant avec son fils. Un copain.

Comme il se trouvait encore une fois avec Cathy devant la porte pour lui dire au revoir, il lui conseilla d'aller se reposer et de confier les enfants à sa mère par exemple ou de déménager là-bas, chez elle, le temps que les travaux soient achevés. Il déclencha une série de cris et d'insultes, de cette voix très haut perchée qu'il ne connaissait pas et qui le frappa comme si ce n'était pas la voix de Cathy dans la gorge de Cathy mais celle d'une folle, d'une « femme envoûtée », précisa Malou. À nouveau, elle le menaçait de mort, elle criait qu'elle ne supporterait pas qu'on prenne ses enfants et il était content qu'Olivier soit retourné à la cuisine et que, les écouteurs enfoncés dans les oreilles, il n'entende pas ce que sa mère était en train de hurler.

Le déroulement de cette scène fut confirmé par Jeff. Il raconta à la juge qu'il avait tout entendu, tapi sur le palier, où il s'était caché dès que Tony avait cogné à la porte comme s'il allait l'enfoncer. Il ne l'avait pas vu, il ne le connaissait pas, mais il avait entendu son ton menaçant et il avait compris que Cathy avait peur. Elle ne lui avait pas raconté d'histoires, cet homme la terrifiait. Il s'était contenu pour ne pas intervenir. Mais quand l'autre était parti il avait descendu les escaliers quatre à quatre, il l'avait prise dans ses bras, Cathy était très menue, un oiseau. Il ne savait pas comment refermer ses bras sur elle. Elle tremblait. Il lui avait dit à l'oreille qu'elle n'était pas seule, qu'il la protégeait, elle et ses enfants. Que personne ne les séparerait, personne ne leur ferait de mal. Comme elle tremblait toujours, il lui avait proposé de rester dormir. Elle s'était détachée de lui avec une force qu'il ne soupçonnait pas chez cette femme si fragile. Elle lui avait répondu que ce n'était pas la peine.

Il allait trouver un système qui empêcherait Tony d'entrer dans la maison. Elle lui dit que ce n'était pas suffisant, qu'il fallait une fois pour toutes l'empêcher de nuire.

19

Jeff était amoureux de Cathy. Il ne s'en défendit jamais, il l'affirma toujours et rendit cet amour responsable du crime qu'il perpétra. Aux questions que lui posait la juge, il répétait qu'il aimait Cathy. C'était son unique défense, il n'en avait pas trouvé d'autres. À qui voulait l'entendre il expliquait qu'il aimait qu'elle fût si fine, si pâle et si blonde. Ma fée, ma princesse, disait-il encore après le meurtre à son avocat pour expliquer que dans son geste tout avait été amour. Ce qu'il aimait aussi, c'était la vie à l'intérieur de cette vraie maison, lui qui n'avait connu le temps de son enfance que la niche du chien, qui, lui, ne le rejetait pas. Pas d'autre être positif que le chien qui se serrait contre lui pour recevoir à son tour chaleur et caresses. Il aimait que Cathy eût des enfants, surtout des garçons – les filles l'énervaient –, qu'elle les élevât bien. Car, sans son abruti de mari, Cathy aurait été une mère excellente. À cause des intrusions répétées de Tony, elle restait sur le qui-vive, trop nerveuse, angoissée, à imaginer comment contrer le prochain épisode de ses revendications ou de ses menaces.

Cathy faisait un tout avec ses enfants et ce tout ne pouvait se concevoir sans la jolie maison de la plage, les platanes de la terrasse et le morceau de mer entre les arbres. Dans sa vie bouleversée et chaotique, sa vie de bivouac, de chantiers, de camps, de centrale et de cellule, Cathy était un port tranquille où s'amarrer le temps d'une escale pour prendre des forces et, qui sait, où finir ses jours. Il aimait ses gestes précis, sa façon élégante de saisir une casserole, d'allumer le gaz, de tourner une cuillère en bois dans la bouillie pour la faire épaissir. Il aimait particulièrement la façon dont elle repassait.

Il n'avait jamais vu un fer de sa vie. Il portait des vêtements fripés, rarement lavés. Cathy repassait dès qu'elle avait un moment de libre, elle repassait des vêtements bien sûr, mais aussi du linge dont jamais il n'avait suspecté qu'il pût faire l'objet de tels soins, les couches du bébé, les draps, les taies d'oreiller. Elle repassait en regardant la mer par la fenêtre, son regard absent allait et venait entre la mer et la table à repasser. Elle rêvait. Il aimait le parfum du repassage, la vapeur, le propre et une eau de senteur, mot qu'il apprit à cette occasion, à la verveine, parfum qu'il rencontra aussi à ce moment-là, qui devait être pour lui le parfum de son amour pour Cathy. Il respectait la lingerie comme le saint des saints, le linge propre, l'enfant dans sa corbeille et surtout la petite lumière rouge du fer qui brillait jour et nuit comme la lumière du tabernacle, présence réelle de Cathy qui fut toujours alimentée, elle, en électricité. Aux pires moments, le lait du bébé fut réchauffé avec la semelle du fer.

Il dit à la juge qu'au début il n'avait eu d'autre souci que d'aider Cathy. De remplacer Tony mais aussi la grand-mère égoïste, tous ceux qui avaient abandonné cette jeune femme et qui l'avaient laissée se débrouiller dans une solitude pareille. Il retrouvait avec elle les sentiments qui l'avaient poussé à rejoindre autrefois le chien dans sa niche. Sauf qu'il avait grandi, et vieilli, et que la niche était maintenant une maison. Faire corps avec le chien, faire corps avec Cathy ! Il dit à la juge que très vite il avait trouvé près d'elle sa place, sa juste place, celle qu'il avait cherchée désespérément depuis sa naissance. Car, chaque fois qu'il s'installait un peu, on l'envoyait voir ailleurs. Dix placements en quinze ans ! Plus ses errances à l'âge adulte jusqu'à la parenthèse de la prison, puis souffler un peu auprès de Lili avant de faire la connaissance de Cathy, de sa maison, de sa famille et trouver enfin dans l'espace qu'avait libéré Tony le refuge auquel il avait toujours aspiré.

Ici, il avait rendez-vous avec son destin. Il devait réparer la maison, protéger Cathy, s'occuper du bébé et apprivoiser Olivier. Il consacrait tous les mercredis après-midi à l'adolescent. Tony l'amenait quelquefois au tennis ou à la pêche, lui, il lui parlait de la guerre, des services secrets, de missions impossibles. La vraie vie, la vie virile à laquelle il aurait initié Kevin si Kevin était resté près de lui, si la DDASS ne le lui avait pris, bouclé quelque part. Il savait faire rêver un garçon. Il voyait bien qu'Olivier était plus fasciné par lui que par Tony, et même, il en était sûr, qu'il le préférait. Il lui apprenait à conduire sur le parking du supermarché ! Il lui avait trouvé à la casse une petite Fiat dont il avait refait le moteur. Gonflé à bloc. Ils s'entraînaient au milieu des voitures. Bing, bang, un vrai gymkhana ! Avec lui Olivier s'éclatait !

Bien sûr, plus il connaissait Cathy, plus il se détachait de Lili. Il était dur de rentrer la nuit à la casse, d'apaiser les pleurs du chien, qui avait passé la journée à l'attendre en tirant sur sa corde jusqu'à se peler le cou, d'ouvrir le mobile home plongé dans l'ombre, de se diriger à tâtons vers le lit et de s'étendre tout habillé contre le corps distendu et insensible de Lili, alors qu'il sentait encore flotter autour de lui le parfum du repassage. Il avait passé des nuits les yeux au plafond à se demander ce qu'il faisait encore là, près de cette femme qu'il n'aimait pas alors que là-bas, tout ce qu'il aimait l'attendait. Dès qu'il s'éloignait de Cathy, il s'inquiétait, Tony pouvait venir en pleine nuit, enlever le bébé. Il pouvait aussi, plus légalement, exiger la mise sous tutelle de Cathy. Oui, il pouvait déclarer à la police qu'elle était folle, la faire enfermer. En profiter pour vendre la maison. Il avait déjà vécu les faux certificats, les faux témoignages, la justice en alerte, les services sociaux en action et votre femme qui vous accuse de n'importe quoi et qu'on écoute et qu'on croit. Comme s'il pouvait toucher à une petite fille, comme s'il pouvait blesser un petit garçon, lui qui les aimait tant.

— Vous avez été jugé pour ça, interrompit la juge.

20

— Cette histoire de tutelle, c'était votre idée à vous ou seulement celle de Cathy ? demanda la juge à Jeff.

Il avait entendu ce que Tony disait à Cathy ce soir-là. Avec sa fausse compassion, il insistait beaucoup sur son état psychique. Il ne la trouvait pas normale. Jeff avait encore le dialogue en tête, il pouvait le rapporter mot à mot :

« Cathy : Tu me crois folle ? Tony : Pas folle mais dérangée. Cathy : Ce qui veut dire ? Tony : Que tu as besoin de repos. »

— C'est donc Cathy qui a parlé de tutelle ? reprit la juge.

— Oui, parce que je ne connaissais pas le mot et qu'elle a dû me l'expliquer.

— Comment ?

— On allait la déclarer irresponsable, on la ferait soigner dans une clinique psychiatrique, on lui retirerait les enfants. Au mieux à la DDASS, au pire avec Tony et Malou et toute la progéniture de Malou, comme s'ils n'avaient pas assez d'enfants. Vous vous rendez compte, les deux de Malou, celui de Tony et de Malou et puis les deux de Cathy. Il y a des gens qui ont tout et plus que tout et il y a des gens qui n'ont rien et à qui on enlève tout !

Les enfants, Jeff savait ce dont il parlait, les enfants étaient l'objet de son association avec Lili. Ils avaient tout construit là-dessus depuis leur rencontre improbable gare Saint-Charles, où elle attendait le dernier train de Paris. Il traînait pour faire pisser le chien qui, à force de se retenir, n'arrivait pas à faire. Elle était venue vers lui comme si elle l'attendait. Elle s'était attendrie sur le chien. Il lui dit qu'il l'avait trouvé dans un refuge à Paris le matin même. Le chien avait les yeux brillants, la queue serrée entre les jambes, il tremblait.

– Il a peur, le pauvre !

Ils burent un café ensemble. Leur liaison se scella sur leur habitude, quelle coïncidence, de mettre trop de sucre dedans.

– Et encore, dit Jeff, je me surveille !

Au fil de la nuit Jeff raconta son errance depuis la disparition de Kevin, Samantha et Jennifer dans un attentat juif. Lili se rappelait l'attentat de la rue des Rosiers. Elle sentit la nécessité de réparer cette perte. Elle comprit même que c'était sa destination au monde de se trouver sur la route de Jeff et cela la rassura. Dieu l'avait désignée pour offrir son corps obèse à la réparation. Pour lui, elle en voulait trois d'un coup, trois de l'âge de Kevin, Samantha et... l'autre, elle n'avait plus le nom en tête, dont elle aurait accouché à l'âge de leur mort, dans les habits qu'ils avaient mis ce matin pour aller avec leur mère à l'école quand la bombe avait explosé.

Quand Jeff descendit les escaliers de la gare Saint-Charles et qu'il découvrit Marseille à ses pieds, il était tellement dépaysé qu'il pensait avoir quitté la France et atteint l'autre bout du monde où les psychologues, les flics et matons ne le trouveraient jamais. « C'est Israël », confia-t-il à Lili, qui semblait regonflée par toute cette joie qui débordait. Elle surenchérit : « C'est Jérusalem. » Il faisait oui. Et, en descendant l'avenue qui les conduisait au Vieux Port, elle regardait la ville qu'elle ne voyait plus que dans ses yeux, et dans ses yeux la ville était belle, blanche, propre, si propre ! Il n'avait jamais vu la mer et il désira prendre de l'eau dans le creux de sa main. Il la sentit, il la goûta et il se frotta le visage. Il se tourna vers elle, apaisé, lavé, régénéré. Alors, sûre d'elle et de ce qu'elle lui offrait, elle le conduisit à Palance. La casse lui plut infiniment.

C'était au bout du monde, entre les collines pelées, un no man's land jeté en plein ciel. Le mistral avait décapé la terre, essoré l'atmosphère. Tout était nu, aride, d'une pureté désaccordée qui hurlait dans le vent. Jeff était un aveugle qui retrouve brutalement la vue. Tout était trop clair, trop intense, trop éclatant, comme s'il était plongé au cœur d'une incandescence qui l'empêchait de voir. Des lames de feu descendues du ciel embrasaient sa tête, un poignard rougi à blanc brûlait ses paupières. Le ciel était si bleu qu'il le voyait noir et la terre était si blanche qu'il ne la voyait plus. Le vent lui mettait la tête à l'envers. Il était, au milieu de la casse, obligé d'écarter les jambes pour tenir debout. « C'est bon », hurlait-il en direction de Lili. « C'est bon », comme un capitaine sur la dunette qui affronte l'orage. Le mistral, qui déferlait par grandes vagues, traversait les carcasses étincelantes dont il tirait des sons aigus comme des cris de guerre, des mugissements de trompe. Un grand corps à corps d'une armée tour à tour victorieuse et défaite qui ferraille au milieu des sacs de plastique et des mouettes qui entremêlent leurs vols.

Son gros corps ne pesait plus et il ne tenait au sol que par la corde du chien qui, mince ancre, s'était couché à ses pieds. Dans son manteau gris qui battait sur ses jambes, Jeff était un superbe voilier qui allait prendre la mer, un oiseau dans la tempête. Et il découvrait que s'il s'était toujours mal accordé avec la terre, s'il y avait subi des malheurs et commis des crimes, c'est qu'il était un ange et que, rendu au ciel par la grâce du vent, il planait, juste, exact, sensible, au-dessus des nuages. Il criait « Délivrance, délivrance » et son cri restait plaqué sur sa bouche par le vent. Maintenant, il volait dans la lumière et la femme qui l'avait délivré, riant de le voir rire, croyait qu'il l'appelait Délivrance.

21

Les animaux, tous énormes, avaient envahi sa cellule. Les éléphants chargeaient face à sa couchette, les crocodiles géants, en sautant de la berge, faisaient bouillonner l'eau qui le séparait de l'écran. Il se perdait dans la gueule béante d'un hippo, il disait hippo par familiarité. Mais son émotion la plus forte, il l'avait ressentie en suivant le voyage d'un baleineau collé au flanc de sa mère, qu'il tétait, voile blanchâtre du lait qui s'échappe, tout en nageant. Les requins suivaient le couple, ils avaient insidieusement séparé la baleine de son petit, puis attaqué le baleineau, le déchirant, voile rougeâtre du sang qui s'échappe. La baleine, orpheline de son petit, n'avait d'autre choix, quelle tragédie, que poursuivre sa route solitaire.

C'est ainsi que les animaux consentent à la mort de leurs petits, éléphant, rhino, et baleine. Une vague lutte, un moment d'incrédulité et puis l'instinct de vie, ou un instinct plus désespéré que le désespoir les poussaient à continuer, laissant le petit cadavre, l'adorable petit mort, plus mort que tout ce qui est mort, aux charognards des mers et des airs. Il pleurait.

– Ça ne va pas ? lui avait demandé l'infirmier.

– Ça ne va pas.

– La déprime ?

Une douleur qui envahit le thorax, empêche de respirer, une congestion de la tête. Une suffocation. Il ne trouvait plus l'air. Finalement une tristesse sans fond, le chagrin que le monde fût comme il était. Impuissance à réparer tout cela. À remettre le baleineau au flanc de la baleine. À faire tenir l'éléphanteau boiteux sur ses pattes. À protéger le gnou de la hyène. Comme les animaux lui semblaient raides, inhabiles à protéger leurs petits. L'éléphant trop haut. La gazelle aux pattes trop fines. Ces museaux qui ne savent pas, juste des yeux en alerte, des oreilles qui palpitent. Ils manquaient de mains.

Il prenait des anxiolytiques par pitié du monde animal. Par angoisse de la grande dévoration qui se nourrissait de la beauté du monde. La juge lui avait reproché ce qu'elle avait appelé sa sensiblerie. Capable de tuer un homme comme des chasseurs ne tuent pas une bête, comme les bêtes ne tuent pas les leurs, mais sentimental quand on passait dans l'autre règne. Elle n'avait pas tort, les hommes lui faisaient horreur, il les trouvait trop nombreux, dévoyés, laids, jamais à leur place. Rien qui rappelât l'ordre qui régnait dans les grandes plaines sous le Kilimandjaro, où les zèbres surveillés par des lionnes aux yeux d'or paissaient les uns à côté des autres. Il accusait les hommes d'avoir volé la terre aux animaux, d'empoisonner l'air et la mer. Pour eux, il n'avait que de la répulsion.

Comme par hasard, les documentaires animaliers qui occupaient ses après-midi passaient après la retransmission des débats à l'Assemblée nationale. Il regardait en faisant la sieste, dans un demi-sommeil, les hommes en costume – tout ce qu'il détestait – se répandre en propos agressifs qu'il ne comprenait pas, comme si les rapports entre les hommes étaient basés sur une gigantesque colère, comme si chaque être humain ne cherchait qu'à faire sortir sa colère, comme si tous les jeux devaient prendre le visage de la colère. Après, par contraste, la voix apaisée du présentateur racontait les éléphants, les singes, les lycaons, les chiens de prairie.

Rien ne pouvait être plus contrasté que ces émissions. Mais il comprenait bien dans le discours que le commentateur posait sur des images sublimes que les hommes, ceux qu'il avait vus avant, étaient responsables de la disparition des animaux qu'il voyait après. Les documentaires étaient destinés non seulement à montrer une faune inconnue, à révéler les mœurs de ces animaux, mais à prévenir le monde de leur disparition imminente. Une espèce disparaît toutes les deux minutes. Les rhinocéros sont farouchement chassés pour leur corne, les éléphants pour leurs défenses. Vision insupportable d'un mastodonte mutilé, couché sur le flanc, les quatre pattes raides autour d'un ventre enflé par les gaz.

Vautré sur sa couchette, les yeux mi-clos, admiratif et désolé, il voyait les animaux sortir de l'écran. C'était comme s'il les absorbait, il les mettait à l'abri dans sa mémoire pour conserver chaque détail de leur vie menacée. S'il avait tellement grossi en prison, ce ne fut pas seulement parce qu'il mangeait trop, tout le temps, qu'il ne faisait aucun exercice mais parce qu'il était devenu l'arche de Noé des animaux qui allaient disparaître et que son corps accueillait jusqu'au jour où il pourrait les remettre au monde, jour de paix, délivré des hommes, dans une nature purifiée comme un matin bleu dans le Serengeti.

C'est là que lui était venue peu à peu l'idée de son avenir. Il racontait à l'infirmier que, libéré, il irait refaire sa vie en Afrique.

– Dès ma sortie, je vais à la gare, je prends le train pour Marseille. À Marseille, je prends le bateau pour Alger. À Alger je trouve une caravane pour traverser le désert. Sorti du désert, j'avise.

– Tu as assez de somnifères ? lui demandait l'infirmier.

Le matin de sa libération, il s'en fit la réflexion, c'était encore de la télévision. Mais du film de flic. Il avait vu la Santé plus souvent à l'écran que dans la réalité puisqu'il était dedans. Devant la grande porte bleue qui pour le laisser sortir ne s'était entrouverte que sur un demi-battant, il avait sauté à pieds joints dans un film de détresse et de solitude, une histoire d'homme abandonné tellement flippante que, si la porte ne s'était refermée, il serait retourné en prison. Comme il l'avait vu faire par tant et tant d'acteurs, il s'éloigna d'un pas lent et flottant. Mais, au lieu de se diriger vers la gare comme il se l'était promis, il prit la direction du refuge du Bon Secours. Il se rappelait seulement l'effort que lui demanda ce voyage-là à l'intérieur de la ville. Un énorme écheveau à défaire, où s'emmêlaient les bus, les métros, les trottoirs, les numéros pairs et impairs des rues. Quand il arriva au Bon Secours, il comprit que c'était un refuge pour les chiens, pas pour lui, pas pour les hommes.

Le chien fut adopté tout de suite. Il en voulait un plutôt petit, on lui en montra des grands. Parmi les grands, il y en avait un en mauvais état, ramassé en boule au fond de sa cage, qui fermait les yeux. « Celui-là », dit-il. On le félicita de prendre le plus difficile, chien maltraité et terrorisé. Comme moi, pensa-t-il. Payés les frais avec son pécule, ils se mirent en route. C'était un chien trop grand, trop roux, composé de morceaux de chiens cousus entre eux, une sorte de Frankenstein de chiens. Tous les taxis refusèrent de les prendre. Ils n'atteignirent la gare de Lyon que le soir, et pendant tout ce temps le chien avait refusé de pisser.

22

L'avocat de Jeff lisait le rapport des psychiatres que lui avait remis la juge. Il le lisait à mi-voix, élevant le ton aux passages qui l'intéressaient.

... Mal parti dans la vie. Issu d'une famille en rupture sociale. Il ne sait pas se situer dans une fratrie de quatorze enfants. Selon les interlocuteurs, il se présente comme le septième ou le onzième enfant. L'affabulation commence là. Les deux parents seront déchus des droits parentaux. Mais Jeff n'éprouve de ressentiment que pour son père alors qu'il idolâtre une mère qui, à plusieurs reprises, a abandonné sa famille pour suivre des amants de rencontre et ramener au foyer le produit de ses amours, un frère ou une sœur de plus. Il en découle pour Jeff une forte désorganisation affective. Un vécu de violence et de maltraitance qui se caractérise par la crainte du père et l'amour d'une mère qu'il n'a presque pas connue et dont il idéalise l'image. Il se souvient d'une mère parfaite, victime d'un mari violent. Ce qui est loin de la réalité inscrite dans les rapports des services sociaux...

Affabulateur et mythomane, il remplace les sévices réels par des sévices imaginaires. Il se plaint très souvent de ses rotules brisées à coups de barre de fer par son père, qui l'empêchent de s'agenouiller, alors que les radios qui ont été faites de ses genoux ne comportent aucune trace de fracture. Mais il ne parle pas de ses tympans crevés par les gifles (rapport des services sociaux). Son vécu est plus terrible que son affabulation. Mais son affabulation sauve le vécu en écartant les vraies violences et en les transposant dans des domaines fantasmés qu'il contrôle imaginairement, l'armée, la police, les services spéciaux. Il traduit les violences en blessures de guerre dont il s'enorgueillit. Les tympans crevés l'auraient été lors d'un attentat à Beyrouth par une bombe lancée dans le café où il se trouvait...

Vision rétrécie des choses, manque de recul. Il a un sentiment d'infériorité et cherche à se valoriser surtout auprès des femmes, avec lesquelles il adopte un comportement chevaleresque. Il se projette comme l'homme fort et protecteur au service de la femme (sa mère) et des enfants (lui-même). Mission dans laquelle il échoue quand il est père. Puisque les mauvais traitements qu'il fait subir à trois de ses enfants – il aurait d'autres enfants, naturels, il ne sait plus où ni combien... – les lui font retirer, il est déchu de ses droits paternels et condamné à sept ans de prison pour mauvais traitements, actes de barbarie sur son fils et ses filles. L'assassinat serait un moyen inadapté et excessif de se racheter en résolvant les difficultés de Cathy, qu'il exagère beaucoup. Il s'est senti investi d'une mission protectrice à l'égard des enfants : éliminer le père et le remplacer...

« L'accusé est responsable de ses actes. »

— C'est ça qui m'étonne, dit le jeune avocat, cette conclusion. On nous montre un type complètement déglingué, qui rêve sa vie, ne sait plus distinguer le vrai du faux, tire sur un homme vivant comme sur une cible à la foire. Et puis on nous déclare qu'il est apte à être jugé. Moi, je dis que c'est un malade, mais un malade dont on connaîtrait les causes de la maladie : l'enfance. Un malade qu'on aurait dû soigner avant la naissance en l'empêchant de vivre ce qu'il aurait à vivre. Il y a des vies, reprit l'avocat, on se demande comment cela se peut. C'était juste il y a quarante ans dans le beau pays de France, et c'est du Zola. Quand je dis Zola, je fais soft.

La juge préférait l'avocat de Jeff à celui de Cathy. Avec celui de Cathy, elle traînait un contentieux douloureux depuis leur histoire et plus, parce que affinités. Il l'avait un jour plantée dans la roseraie de la fac de droit et était parti pour Paris, sans un regard, sans un mot. Il réapparaissait vingt ans plus tard plein de suffisance pour la traiter avec désinvolture, non seulement parce qu'elle était femme mais parce qu'il avait incontestablement mieux réussi qu'elle. L'avocat de Jeff au contraire s'était simplement mis sous son autorité. Il semblait anxieux, dépassé peut-être par la situation, sincèrement désolé pour son client, dont il voyait bien que le procès serait désastreux. La première condamnation d'un acte odieux rendrait les jurés inflexibles pour un meurtre qu'en d'autres circonstances il aurait pu faire passer pour un crime passionnel.

— Vous vous rendez compte, déclarer responsable de ses actes, continuait l'avocat de Jeff, un esprit brouillé par sept ans de documentaires animaliers journaliers, double dose le dimanche et une fois par mois un shoot à Ushuaia ou à Planète bleue, sans compter la retransmission de sept ans de débats de l'Assemblée nationale à l'heure de la sieste, et les feuilletons sentimentaux que s'enfilait chaque matin au lever le plus jeune de ses compagnons de cellule, et les films policiers, deux par soirée, qu'affectionnait le plus vieux. Et, pour couronner le tout, la radio nocturne du troisième, un insomniaque qui sélectionnait compulsivement les chaînes pour se brancher uniquement sur celles qui parlent...

— Alors ? demanda la juge.

— Alors, ce sont des conditions à nourrir une mythomanie. Sept ans de coupure avec le réel, remplacé à chaque seconde par de la fiction, sept ans à pénétrer des mondes étrangers qui le sortaient de sa propre histoire.

— Vu ce qu'il avait fait, il valait peut-être mieux ne pas y penser souvent. C'était une façon de mettre le crime à distance. Cela dit, son incarcération peut expliquer sa mythomanie présente, pas ce qui s'est passé avant.

— Avant est une autre histoire. Elle a été jugée. Il ne faut pas qu'elle pèse sur celle-ci. Il a payé.

— Comme vous y allez, les deux crimes sont imbriqués. L'un conduit à l'autre.

— Alors il faut y ajouter un autre crime, qui n'a pas été jugé. L'enfance brisée qui induit la maltraitance de ses propres enfants. L'enfance brisée qui brise les enfants.

— Ne vous trompez pas de victime, vous voulez que je vous lise le rapport d'autopsie ?

D'un geste, il l'arrêta, ils le connaissaient tous les deux, à quoi bon ?

Mais elle était lancée. Elle avait le dossier en main, et elle lui dit sans le lire en agitant la feuille comme une preuve vivante : premier coup de feu dans le dos, deuxième coup de feu à bout portant, la tête est arrachée. Elle retenait son attention en lui faisant signe d'attendre avec le doigt dressé, le plus beau, elle éleva la voix, et comme le corps est à terre un troisième coup de feu. Pourquoi le troisième coup de feu ? Elle l'interrogeait comme s'il était, lui, l'accusé.

— Il vous l'a dit lui-même, il se sentait menacé.

— Menacé par un corps sans tête ?

L'avocat souleva les épaules, accablé.

— Qu'est-ce que vous voulez que je vous dise, c'est à quoi il s'accroche, la peur de ce corps en charpie, la peur du sang et des morceaux.

Elle avait de la pitié, presque de l'affection pour lui. Enfoncé dans le fauteuil, il lui semblait perdu, en attente d'une piste qu'elle lui livrerait. Elle se demandait si elle n'allait pas commander deux tasses de café pour donner un tour plus personnel à leur conversation. Comme elle savait si bien le faire avec ce genre d'hommes, elle l'aurait confessé un peu, rassuré beaucoup. Elle lui aurait dit que, quelle que soit la gravité du dossier, il ne fallait pas qu'il en soit affecté personnellement et, ce qui était encore plus dur, qu'il projette des éléments de sa propre histoire sur l'affaire. Des Jeff, il en verrait passer comme elle en avait vu passer. Café or not café ? Elle s'interrogeait. Et s'il allait donner à son geste plus de sens qu'il n'en avait. Si après le café il allait la relancer, non plus fragile mais, comme elle le devinait, faible et gémissant.

Quand il s'était présenté à elle, il lui avait tout de suite dit que sa mère était arménienne. « La mienne aussi », avait-elle répondu en souriant. « Je sais », avait-il dit, insinuant une sorte de complicité. Il avait alors poussé son avantage en la regardant avec un air de chien mouillé : « Je suis jeune et naïf. » Elle lui avait répondu du tac au tac : « Jeune, certainement pas, naïf non plus. » Il avait repris ses billes : « Vous avez raison, pas si jeune que ça. » Elle s'encouragea à être sévère.

— Alors vos histoires de feuilleton télévisé... Sa sensiblerie, à d'autres. C'est une bête fauve...

Il la coupa comme s'il plaidait :

— Une bête fauve qui ne serait jamais passée à l'acte si on ne l'y avait poussée.

Elle décida : pas de café.

23

— Aviez-vous, ce jour-là, pris la décision de quitter définitivement Lili pour rejoindre Cathy ?

Jeff fit oui de la tête. Mais il voulait la quitter peu à peu, l'habituer chaque jour un peu plus à son absence. Il se rappelait, après quelques heures d'insomnie ponctuées par le souffle puissant de Lili, comment la certitude qu'il ne pouvait plus rester là s'était emparée de lui. Une urgence. Il avait ouvert la porte du mobile home. Libre ! Et, comme il avait l'habitude de le faire, il avait détaché le chien qui lui faisait fête en pleurant. À part lui, il n'y avait rien ici qui l'attachât et surtout pas la grosse femme dans le lit, la grosse femme sans enfants qui travaillait comme un homme. Il était impatient de partir et déjà il attendait le moment où Cathy se réveillerait.

Quand il entra dans la maison de la plage, elle était dans la cuisine en train de donner le biberon au bébé et contrairement à son habitude, toujours plus ou moins raide et rétractée, il la surprit à demi renversée sur la chaise. Son pied faisait contrepoids sur une autre, elle se balançait. Le bébé rassasié jouait en tétant, interrompait sa succion et la reprenait. Au lieu de s'irriter parce qu'il ne terminait pas assez vite, Cathy semblait s'amuser et lui agaçait la bouche avec la tétine, qu'il engloutissait aussitôt. Elle avait laissé sur le coin de la cuisinière dans le fond d'une casserole un reste de bouillie qui en refroidissant faisait des rides.

– Tu as amené le chien, constata-t-elle.

– Oui, dit-il, il gardera la maison.

Le chien était là pour défendre à Tony l'accès du jardin. Il ne disait pas qu'il avait amené le chien parce qu'il y tenait plus qu'à tout. Le chien et la vieille voiture effondrée destinée à Olivier. Le bébé trouva de l'air au fond du biberon. Il y eut un bruit de succion dans le vide. Voilà, dit Cathy en reposant le biberon sur la table sans que l'on sache si ce voilà s'adressait au bébé et saluait la fin du biberon ou au contraire la décision d'empêcher par tous les moyens Tony de s'introduire dans la maison. Elle regardait le chien. Il y avait quelque chose qui ne collait pas entre la tête et le corps. Une affaire de proportions. Trop court, trop long, tordu.

– Le chien ne suffira pas, dit-elle.

Bien sûr, approuva Jeff. Mais ce n'était pas le seul dispositif. Il avait été gendarme et mieux que gendarme, commando et agent des services spéciaux. Il avait engrangé toutes les techniques de défense et d'attaque, une pratique incroyable des armes, une expérience unique de la protection des personnes. Il confia à Cathy qu'il avait gardé des contacts et qu'ils étaient à travers le monde un réseau qui se communiquait des renseignements et s'épaulait en cas de coup dur.

– Tu comprends, il y a la police officielle et derrière il y a nous. La police va son train, nous on a le permis 4-40, l'autorisation de passer à l'action, n'importe où, n'importe quand, sans ordres et en urgence. La police nous fournit toujours un alibi. Et je ne te l'ai jamais dit, la casse, c'est une couverture. Je suis chargé d'enquêter sur un trafic de voitures volées en rapport avec les réseaux terroristes du Maghreb. Alors ton Tony, je m'en charge, je lui mets les copains au cul : 1) surveillance des moindres faits et gestes, écoutes et filature. 2) s'il s'approche de toi ou des gosses, on le met hors d'état de nuire.

La juge demanda à Cathy si l'expression « hors d'état de nuire » ne l'avait pas alertée, si elle en avait mesuré l'implication, si elle avait alors consenti à ce que Jeff passe à l'acte, si elle l'avait poussé...

Mettre Tony hors d'état de nuire, c'est exactement ce que voulait Cathy à l'époque, plus encore que sa propre protection ou que celle de ses enfants. Elle aurait pu maintenant le nier devant la juge mais elle le reconnaissait sincèrement au risque de se faire du tort. Un Tony retenu par un filet invisible, une action continue, une surveillance absolue comme le proposait Jeff la séduisaient. Un Tony empêtré dans une gigantesque toile d'araignée, gagné progressivement par la paralysie, lui qui n'arrêtait pas d'agir ou de bouger et mieux encore un Tony dont chacun des gestes fabriquerait la substance qui l'anéantirait.

Elle était allée ce matin-là trouver sa mère avec Camille-Angelo dans les bras pour une de ces réconciliations qui envenime plus les choses qu'elle ne les répare. La brouille était finie. C'est tout ce qu'attendait la grand-mère qui serra le bébé contre son cœur : « Enfin ! » Elle écoutait Cathy annoncer toutes ces bonnes nouvelles. Tony, elle mettait une croix dessus. Elle tournait la page. Elle allait divorcer, mettre tout légalement bien au clair. Elle ne s'opposerait pas au droit de visite, elle ne rendrait pas le divorce difficile par de trop grandes prétentions pour la pension alimentaire. Elle n'irait même pas jusqu'à demander, ce à quoi elle avait droit, le divorce pour faute. Elle accélérerait les choses en acceptant un divorce par consentement mutuel. « Que tu as raison, ma chérie. Quand je te disais que ce n'était pas la fin du monde. Tu es jeune, tu as toute la vie devant toi. Et regarde comme Camille-Angelo est beau. » Mais, quand Cathy lui demanda de garder le bébé pendant les quelques jours qui restaient avant les vacances de la Toussaint, elle annonça pour ce moment-là sa croisière en Égypte. Il y eut entre la mère et la fille un silence suspicieux. Elles étaient revenues à la case départ. Elles campaient sur leurs positions.

Dans l'enquête de proximité, la mère de Cathy répéta aux policiers que ce jour-là, elle s'en souvenait bien, sa fille était sereine. Elle avait tourné la page. Tony, c'était définitivement fini.

— Oui, dit la juge, « fini », c'est comment on l'entend !

De son côté, Jeff confiait que ce fut la semaine la plus heureuse de sa vie. La certitude, comme le jour où il était arrivé à Marseille, d'avoir sorti la tête de l'eau et de voler dans l'air. Si ce n'est que Marseille n'était qu'une étape et que la maison de Cathy devenait le but. Il n'avait plus besoin de partir pour Israël. Il avait trouvé sa Jérusalem. La parfaite douceur de Cathy le touchait, sa docilité aussi. Elle consentait à tout ce qu'il lui suggérait. Par exemple en évoquant la cabane dans le jardin, il lui avait dit son intention d'y mettre des poules. Loin de s'opposer comme elle l'avait fait à chaque étape de l'installation électrique, elle avait acquiescé : « Des poules et un lapin. Parce que autrefois il y avait aussi un lapin. »

— Vous vous rendez compte, disait-il avec émotion à la juge, j'avais deviné son vœu secret. Je lui ai dit : « Des cous pelés. » Elle a répondu : « Bien sûr des cous pelés. » Elle a ajouté : « Il faut un grand coq roux. » Il lui avait répondu : « J'allais te le proposer. »

— C'est elle qui vous a donné l'adresse des Floralies ? le numéro de la voiture de Tony ? l'adresse de la société de climatisation ?

— Qu'est-ce que vous croyez, s'insurgea Jeff. J'avais pas besoin qu'elle me les refile. Je les connaissais depuis longtemps !

— Et la photo ? demanda la juge. Vous ne connaissiez pas Tony, vous ne l'aviez jamais vu, vous ne saviez pas à quoi il ressemblait. La photo dans la boîte à gants de la voiture ?

Elle provenait de l'album de famille. C'était cette photo dont Tony était particulièrement fier, au Sénégal, avec un énorme marlin au bout de sa ligne. Une prise qui avait failli lui coûter la vie !

— Vous avez choisi la photo, d'accord. Mais c'est elle qui vous l'a montrée ?

— Non, répondit Jeff. C'est Olivier.

— Vous avez dit lors d'un précédent témoignage que c'était Cathy.

— Peut-être.

24

— Ne nous précipitons pas, maître, dit la juge à l'avocat de Cathy, qui regardait sa montre. Cette journée m'intéresse. Ainsi d'ailleurs que toute la semaine qui va suivre. On se trouve à sept jours, heure pour heure, du meurtre. Et, s'adressant directement à Cathy : Vous dites que l'expression « hors d'état de nuire » ne vous inquiète pas mais à partir de ce jour-là vous téléphonez jusqu'à trente fois par jour à Jeff sur son portable. Est-ce parce que vous êtes pressée de voir votre mari « hors d'état de nuire » ou alors parce que vous craignez que Jeff ne passe à l'acte, qu'il ne commette un acte monstrueux, définitif ? Dans les deux cas, vous êtes soucieuse ? inquiète ? anxieuse ? L'expression ne vous a pas laissée si indifférente que cela. Et puis, comme si cela ne suffisait pas, après avoir repris contact avec votre mère vous vous remettez à téléphoner à Lili. Pourquoi ?

— Pour savoir si Jeff était là.

— Continuez.

— Jeff ne répondait pas toujours quand je l'appelais. Il coupait son portable. Il ne venait plus à la maison. J'appelais Lili. J'essayais de savoir où était Jeff.

— La même semaine, vous changez de dispositions pour la garde de votre bébé.

Jeff était parti on ne sait où. Sa mère était en Égypte. La concierge du bureau avait accepté de s'occuper de Camille-Angelo. Elle le gardait dans sa loge. Ce n'était pas très légal... On n'avait pas le choix.

— Vous avez rassuré la concierge, vous lui avez affirmé que c'était « pour très peu de temps ».

— Le temps que ma mère revienne. Elle devait être là pour la Toussaint.

— Votre mère part en croisière, votre fils comme par hasard fait un stage de tennis à Aix, c'est vous qui l'y inscrivez, et la concierge garde le bébé. Vous vous êtes bien organisée pour avoir les mains libres, cette semaine-là. Au fait qu'avez-vous raconté à Lili pour expliquer votre long silence de deux mois ?

— Rien. À Lili, on n'a pas besoin de raconter quoi que ce soit. C'est elle qui s'est excusée de n'avoir pas demandé des nouvelles du bébé. Elle était très absorbée avec la casse et Jeff était occupé en ville par des chantiers et d'autres trucs.

La juge avait fait un geste vers la greffière pour

qu'elle arrête de transcrire. Sans tenir compte de l'avocat, qui rangeait ses dossiers dans sa serviette comme si l'entretien avait pris fin, elle avança la tête vers Cathy et, la regardant dans les yeux, elle lui demanda :

— Pouvez-vous m'expliquer ce que signifie pour vous la vie ?

— Ma vie, ma vie avant le malheur ?

— Oui.

C'était aimer ses parents, son mari, ses enfants, faire bien son travail... faire bien ce qu'on doit faire.

— Vous avez voyagé, Cathy ?

Elle était allée au Sénégal avec Tony et puis une fois en Turquie avec Malou et Franck, des vacances en club et en couple. On se dit que ce sera mieux. On revient déçu. Il y a trop de monde, le voyage est trop court, on a mal au ventre au bout de deux jours, on n'arrive pas à suivre le rythme de l'aquagym... Il y a des sacs de plastique dans la mer !

— Pas ces voyages-là, Cathy. Êtes-vous allée jusqu'à Marseille ? Avez-vous traversé les quartiers nord ? Allumez-vous la télévision ? Les informations, vous savez, ce moment où l'on voit la guerre, les cyclones, les avions qui s'écrasent, les larmes d'une femme qui a perdu son mari en mer, ou encore les mères des otages, les veuves de Tchétchénie. Est-ce que cela vous dit quelque chose ?

Cathy dit qu'elle ne regardait pas la télévision, pas plus qu'elle ne lisait les journaux.

— Alors qu'est-ce que vous faites puisque vous ne regardez pas la télévision, vous ne lisez pas les journaux, vous n'écoutez pas la radio et, m'avez-vous confié, vous ne lisez pas de livres non plus ? Que faites-vous de votre temps ?

— Je repasse, dit Cathy, je repasse en regardant la mer.

Elle avait fermé la porte au malheur, vivre c'était être sur ses gardes, pour que jamais il ne s'infiltre et la surprenne. Vivre, c'était fermer tous les écrans sauf celui de l'adduction d'eau, qui courait sur son ordinateur et que régulait une cinquantaine de vannes peintes en rouge pour qu'au moindre incident on puisse diriger l'eau sur une voie de secours, interdire un réservoir, en ouvrir un autre. Elle faisait vacciner les enfants, elle prenait toutes les assurances qui la garantissaient de tous les accidents imaginables. Elle avait même souscrit pour elle et pour Tony une assurance « dépendance » ! En rédigeant le chèque elle se protégeait déjà, elle et les siens, de tout ce qu'elle craignait et de tout ce qu'elle ignorait.

Vivre c'était abandonner le reste au malheur. Le nourrir, le plus loin d'elle possible, de quelques veuves noires recroquevillées sur leurs bombes, sacrifier un avion par-ci par-là, accepter comme une fatalité qu'un raz-de-marée engloutisse au bout du monde des milliers d'individus squelettiques. Vivre, c'était même consentir à ce que la mort grignote quelques miettes devant sa porte, ne pas s'émouvoir de l'accident de voiture d'une vague connaissance, de la mort d'un vieux voisin. Il ne fallait pas être injuste avec un destin qui dévorait le monde pour mieux l'épargner. Vivre, c'était conserver un espace de paix entre les deux platanes qu'avaient plantés ses ancêtres, ne rien déranger de cette part du monde préservée dont elle avait hérité pour la transmettre intacte à l'autre génération comme un échantillon de sérénité, de beauté. Vivre, c'était respirer à peine pour ne pas risquer que l'air soit dérangé. Vivre, c'était se taire, ne pas bouger et, assise sur le bord du bonheur, le contempler et le contempler sans cesse pour qu'il ne s'échappe pas.

— Et le malheur s'est engouffré dans votre jardin, commenta la juge. Il a détruit votre maison, brisé votre famille et votre photo s'est étalée à la une des journaux que vous ne lisez pas, on vous a vue à la télévision que vous ne regardez pas. Tout le monde a pu vous dévisager dans la voiture qui vous conduisait en prison. Vous avez réintégré le malheur que vous vouliez fuir. Vous faites maintenant partie du malheur du monde, et quelque part il y a peut-être une femme comme vous en train de se protéger de vous et qui pense que votre histoire ne la concerne pas.

25

L'avocat s'inquiétait du tour personnel que prenait l'interrogatoire. La juge pouvait-elle exprimer de façon plus directe qu'elle était hostile à Cathy ? On n'aime pas que les assassins soient du même monde que nous et surtout du même sexe : en s'exhibant ils exhibent nos plaies cachées. Avec les femmes, l'avocat craignait toujours cette sorte d'affrontement, comme si, à un moment, elles devaient régler entre elles un différend personnel, des choses mal résolues avec leur mère, leurs sœurs ou leurs filles. Qu'est-ce qui chez Cathy mettait la juge tellement mal à l'aise ? Pourquoi méprisait-elle à ce point la vie sans histoires de cette femme rangée ? « Pour un amant encore, je comprendrais, avait lancé la juge maladroitement primesautière, mais un mari... » Qu'avait-elle à lui opposer de sa propre vie dans ce torrent de malheurs dans lequel ils luttaient tous, avocats, juges, psychiatres, ces avalanches de mensonges, de chagrins, de fantasmes ? Fallait-il pour exister aux yeux de la juge se détourner du mariage plan-plan et du train-train quotidien et se dévouer à une cause, comme les chanteurs qui ne chantent plus que contre le sida, la famine, la guerre ? Que faisait-elle de si intolérable, cette femme, en se retirant du malheur du monde ?

— Vous ne lisez pas, vous n'écoutez pas non plus de la musique ? poursuivait la juge.

Cathy se méfiait de la musique comme de toutes les sources d'émotion. Elle n'aurait pas voulu éprouver de la peine, de l'angoisse, pour quelque chose qui n'était pas réel. Elle pensait qu'il n'était pas bon de susciter gratuitement des émotions de peur de ne plus avoir de défense le moment venu pour les vrais chagrins. Elle ne voulait même pas se distraire ou s'amuser. Elle ne recherchait que des occupations constructives qui donnent de la force – elle se perdait, cherchait dans les yeux de la juge un secours qui ne venait pas – comme le sport – elle pensait que le sport était consensuel – ou la nature – c'était bien, la nature, personne n'était contre, même pas la juge. Ou...

L'avocat demanda que l'on mît fin à un interrogatoire qui n'en était plus un. C'était mal parti pour Cathy, il fallait très vite arranger ça. Dans le couloir, il attendit que la juge quitte son bureau, il lui emboîta le pas. Elle s'habillait trop court avec des talons trop hauts. Il pensa qu'elle s'habillait comme à vingt ans, quand il l'avait embrassée dans la roseraie de la fac de droit où il embrassait toutes les filles de l'amphi, histoire de leur laisser un bon souvenir.

Elle n'était pas mal alors, une jolie brune, mais tellement attendue, mobilisée par toutes les causes qui traversaient l'actualité. Elle jouissait aussi d'une réputation de grande culture qui l'avait découragé d'aller plus avant. À l'époque, elle lui avait raconté, les larmes aux yeux, qu'elle avait écouté à Aix une *Traviata* bouleversante parce que la voix de la cantatrice, trop fragile pour le rôle, mettait le personnage en imminence de mort. Elle n'était pas son genre mais il savait comment elle fonctionnait parce qu'elles sont toutes comme ça. « Cosi fan tutte ! »

Il la rattrapa comme par hasard à l'ascenseur. Ils descendirent ensemble au parking souterrain.

— Il y a des gens, lui dit-il, qui n'ont pas la carrure de la tragédie, c'est le gibier de la justice. Ils se débattent, ils se trouvent des excuses, ils mentent, ils s'arrangent. Tout le monde ne peut pas être un héros qui affronte le malheur du monde, un musicien qui pénètre dans le malheur du monde, un juge, un avocat, un médecin qui répare le malheur du monde. Tout le monde n'est pas une nonne, un prêtre, un soldat qui s'offre en sacrifice au malheur du monde.

Il la sentait en face de lui agacée et butée.

— Cette femme est monstrueuse, dit-elle enfin. Cette apparence si propre, cette vie si rangée et puis derrière tout ça ce cerveau machiavélique qui imagine, organise, met à exécution des choses épouvantables.

Ils étaient dans le grand parking du palais de justice, il s'en souviendrait toujours, niveau 4, celui qui est peint en bleu. La lumière jaune et sourde, la musique d'ambiance les arrachaient à la réalité. Il la sentait sincèrement blessée, prête peut-être, dans un grand élan de générosité, à sauver les deux prévenus. Mettre Jeff et Cathy, enfin plus Jeff que Cathy, du côté des enfants de Kaboul et des veuves tchétchènes. Il l'imaginait à Aix toute frémissante des malheurs des Tchétchènes, pleurant sur la Traviata, à moins que ce ne fût l'inverse, touchée aux larmes par la Traviata et pleurant sur les femmes tchétchènes, car elle devait tout mêler dans la confusion de sa compassion, cette expression unique de ses sentiments.

Il se dit : Je vais plaider ici entre deux rangées de voitures, sous le panneau Sortie.

Il la saisit par le haut des bras dans cette position qui la rapprochait de lui tout en la tenant à distance. Il s'adressait à la jeune fille généreuse et compatissante et il parlait à la juge. De loin, on aurait pu croire qu'il allait l'embrasser.

— ... Ces héros de la réalité pris dans un destin trop grand, trop violent pour eux, comme des corps mus par des mouvements désordonnés que leurs cerveaux ne contrôlent plus, ces vies en pleine crise d'épilepsie, ne vous bouleversent-ils pas ?

D'un mouvement d'épaule, elle se dégagea. La jeune fille n'avait pas un si bon souvenir du bel étudiant en droit et la juge reprenait sur l'avocat le contrôle de la situation. Elle pivota vers sa voiture, qu'elle déverrouilla d'un geste agressif de son porte-clés électronique. Elle visait, elle tirait à bras tendu. En s'éclairant, la voiture émit un petit cri. Elle dit :

— Non, ils ne me font pas de peine.

— Eh bien, moi, dit l'avocat, je suis désarmé. J'ai envie de me mettre à genoux devant eux et de leur demander pardon.

— Gardez vos beaux sentiments pour la plaidoirie, maître, vous en aurez besoin, dit-elle en ouvrant la portière.

Beaux sentiments... « Mais ce sont les siens, pas les miens », maugréa-t-il et, la regardant replier les jambes à l'intérieur de l'habitacle, il pensa qu'elle n'avait jamais eu de jolies jambes et que c'était son drame.

26

Cette fameuse semaine avant la tragédie, quand Cathy revenait le soir avec le bébé dans le couffin, l'absence d'Olivier, en stage de tennis, la frappait moins que celle de Jeff. En deux mois il s'était approprié la maison. En deux mois elle avait souhaité cent fois son départ, et maintenant, en entrant dans la maison vide, elle avait une boule dans la gorge. Les travaux inachevés criaient son absence. Elle retrouvait intacte l'angoisse dans laquelle l'avait laissée la désertion de Tony. « Je suis une femme seule, une femme abandonnée avec un tout petit enfant et je ne sais pas ce que je vais devenir. » Elle s'avouait implicitement que la présence de Jeff n'avait pas été aussi odieuse ou insupportable qu'elle l'avait cru. Mis à part le chaos du chantier, il avait été rassurant, surtout réconfortant. Il lui manquait. Elle composait son numéro de portable.

Quand il répondait, elle respirait. « Où es-tu ? » lui demandait-elle. Il indiquait un lieu, le port, la corniche, Marseille, Cannes ou Nice. Elle mesurait combien il était loin d'elle et appréhendait tout le temps qu'il mettrait à revenir si elle avait besoin de lui.

— Ne lui demandiez-vous pas aussi ce qu'il faisait ? demanda la juge.

Non, ce qu'il faisait était implicite, il suivait Tony en déplacement chez un client ou un autre. Mais elle voulait qu'il ne fût pas trop loin pour veiller aussi sur elle.

— Veiller pourquoi ? Vous n'aviez pas peur de votre mari à ce point !

La protéger, ne pas la laisser seule. À la lumière de ce qui était advenu, elle voyait que cette attente était une folie. Mais, quand elle se replaçait dans le contexte, elle voulait seulement que Jeff sût qu'elle avait peur d'être toute seule. Peur de qui ? peur de quoi ? je vous le demande. Peur de sa propre angoisse.

Quand il ne répondait pas, elle paniquait. Elle essayait encore et encore, comme si ses appels répétés eussent dû allumer le portable éteint. Elle ne parlait pas, réessayait encore. Elle était seule et tournait en rond comme une folle. Elle n'avait personne à appeler, ni sa mère en voyage, ni son fils, ni Malou bien sûr, ni le crapaud, ni la stagiaire... Personne. Alors, elle appelait la concierge sous le prétexte d'avoir oublié la tétine du bébé dans la loge.

– Attendez, je vais voir.

Le son d'une télévision, un peu de vie, des gens.

– Non, je la trouve pas.

– Est-ce que vous avez regardé sur le divan ?

Un raclement de gorge, une porte qui grince.

– Non, elle n'y est pas.

Cathy était dans la cuisine, le manteau encore sur les épaules. Le bébé dormait dans son couffin, la tétine à la bouche. Alors elle lui retira la tétine comme on débonde un évier. « Crie, lui disait-elle, crie, que j'entende quelque chose ! »

Elle avait téléphoné à Tony. Portable coupé. Elle ne s'était pas annoncée, se réservant la chance de lui parler plus tard, s'agaçant de trouver alors le numéro indisponible. Elle le composa et le composa encore et encore, comme on s'acharne sur un mécanisme défectueux, déçue de l'entendre enfin alors qu'à la longue elle se sentait moins anxieuse. Il y avait toujours le prétexte d'Olivier. Savoir s'il avait de ses nouvelles.

— Et vous n'aviez pas l'idée de lui dire qu'il était surveillé et que ses jours étaient en danger ?

Non, parce que c'étaient des coups de fil très frustrants. Il trouvait toujours le moyen de la blesser : « Écoute, y a pas urgence. Tu me déranges. Je suis à la maison. » Des mots qui la rejetaient, comme si elle n'avait pas le droit de joindre partout le père de ses enfants. Comme si la vie de leurs fils ne primait pas sur « la maison ». Quelle maison ? Les Floralies ! Elle en pleurait encore.

Il n'y avait plus que Lili. Elle l'avait rappelée. Comme toujours, la brave fille s'était confondue en excuses. Elle était débordée. Elle avait demandé des nouvelles de Camille-Angelo. Depuis longtemps Cathy n'appelait plus l'enfant par son prénom. La malédiction s'était accomplie, dans sa tête il n'était plus que le bébé. Elle ne parla que des derniers jours, comme si tous les jours précédents avaient été semblables. La garde de Camille-Angelo – le prénom ne passait pas – par la concierge. Quelle bonne idée ! Le stage d'Olivier, la croisière de sa mère. Et Tony, demandait Lili, vous trouvez une solution ? Le divorce, disait Cathy avec fermeté, comme si la décision avait déjà été prise. Les choses réglées par la loi une fois pour toutes. Pour tourner la page. Lili l'approuvait.

– Quand les gens se conduisent mal, il vaut mieux s'en séparer. Tu es courageuse.

– Et toi ? demandait Cathy.

– Oh ! moi...

Cathy n'écoutait plus... Elle se réveillait en sursaut quand l'autre prononçait le nom de Jeff.

– Jeff ? demandait Cathy, il est avec toi ?

Un soir, c'est lui qui avait décroché, elle avait raccroché aussitôt. La veille du crime, Lili le lui avait passé.

– Tiens. Il vient de rentrer.

Cathy avait inventé une histoire. C'était urgent, la baignoire débordait sur les fils électriques. Il refusa pourtant de venir la dépanner.

– C'est que je suis sur une commande, je peux pas m'absenter, c'est une question d'heures.

— Quand vous avez accepté de faire surveiller Tony, demanda la juge, saviez-vous combien de temps la filature allait durer ? Avez-vous pensé une seconde à quoi elle pouvait aboutir ?

Elle ne savait plus. Plus les jours passaient, plus son anxiété montait, plus elle téléphonait, plus elle appelait au secours.

Était-elle au courant de l'accident de l'autoroute où le 4x4 de Tony avait eu un pneu déchiqueté ? C'était en sortant de chez lui avec Malou et leur bébé. Son 4x4 avait crevé. Il avait fallu changer la roue sur l'autoroute, dans le quart d'heure imparti à la survie promise à toute personne sortant de sa voiture. Il y aurait eu là un crime parfait. Une famille anéantie sur l'autoroute. Mais Tony était rapide et adroit, il avait changé sa roue puis l'avait apportée au garagiste.

– J'ai crevé.

– Non, tu n'as pas crevé. Le pneu est lacéré. Six coups de poignard !

– Sale ville, avait dit Tony.

La juge précisa, note des Télécom à la main, que les faits s'étaient déroulés le 11 octobre, le soir où Cathy avait appelé Tony pour lui parler d'Olivier et qu'il semblait si agacé qu'elle le dérange chez lui. Premier appel 16 h 30. Pas de message, appels suivants 16 h 32, 34, 35, 36, en rafale, comme une décharge de mitraillette, jusqu'à 17 h 35, durée de la communication deux minutes quarante-deux.

— Aussitôt raccroché, vous appelez Jeff à la casse, durée de l'appel cinq minutes. Vous avez eu le temps de vous plaindre, de gémir, de pleurer sur votre prétendue fuite d'eau. Le 4x4 crève à 19 heures. Cette tentative d'assassinat a été la réponse à votre colère. Une vengeance immédiate à la rebuffade de Tony. Vous avez ce soir-là donné l'ordre à Jeff de passer à l'acte.

Cathy disait ignorer qu'il y avait eu une première tentative. Elle semblait accablée de l'apprendre. Elle n'avait pas passé d'ordre, juste épanché sa tristesse de trouver dans son mari un homme si dur, si méprisant... Son avocat émit l'hypothèse que Jeff, qui connaissait mieux que personne sa douleur, aurait pu interpréter à sa façon un désir qu'elle n'avait jamais ressenti et a fortiori jamais formulé.

— De la télépathie en quelque sorte ? plaisanta la juge. L'esprit de Jeff dans votre cerveau, ses talents de tueur au service de vos chagrins ? Et regardant Cathy dans les yeux : Non, je ne vous crois pas. Vous l'aviez dit et redit, vous l'aviez dit sans cesse, vous l'aviez exprimé de toutes les façons possibles : vous vouliez la mort de Tony. Vous n'étiez qu'une boule de haine, conclut la juge.

27

La journée du crime, c'est le policier qui avait conduit l'enquête qui devait le mieux en témoigner. Et ce qu'il racontait n'était pas une impression biaisée comme celle de la juge, ou orientée comme celle des avocats. Il avait la conviction d'avoir résolu l'affaire. Le passage devant la cour d'assises serait une grand-guignolade. Au mieux on entérinerait ses conclusions, au pire on essaierait avec mauvaise foi de les contrecarrer. Ce qui sortirait du tribunal n'aurait rien à voir avec la vérité. La vérité vraie, lui seul la détenait : le cadavre, les témoins, les relevés téléphoniques, les écoutes, les dénégations et les aveux. Il avait vu avec ses yeux, écouté avec ses oreilles. Il était allé au fond des secrets, il avait fouillé dans le linge sale.

Ici, ils ne pouvaient juger que sur du papier. Tout se déformait au fil de l'instruction. Les avocats faisaient leur cinéma et au bout de la chaîne l'ordonnance de la juge mettrait l'histoire à plat. Encadrés par les avocats, face à la juge, les accusés déjà ne se ressemblaient plus. Briffés par leurs avocats, ils n'étaient que les mauvais acteurs de leur histoire. Et, parce qu'ils la jouaient pour être déclarés innocents alors qu'ils l'avaient vécue en coupables, ils la jouaient faux, ils la jouaient mal. On ne reconnaissait pas l'assassin dément et sanguinaire dans le brave Jeff aux mains propres, la perverse froide et déterminée dans la timide Cathy, qui froissait le mouchoir caché dans le bas de sa manche comme une pensionnaire de couvent. Le bureau de la juge était loin de la réalité violente de l'enquête. Le policier jetait sur l'assemblée un regard goguenard pour ne pas dire méprisant. Il gardait avec affectation un blouson de cuir que la température de la pièce devait rendre inconfortable. Il voulait signifier que lui n'était pas déguisé et qu'il allait en tenue de travail dans ce cirque où tout le monde était travesti.

— Alors, les faits, demanda la juge cérémonieuse, s'il vous plaît, monsieur l'inspecteur judiciaire.

Le policier prit une voix détachée qui n'avait rien à voir avec le ton qu'il prenait avec les suspects, ni celui qu'il adoptait avec ses collègues. Il s'étonnait d'ailleurs de s'entendre s'exprimer avec ce calme, cette sérénité qui était si éloignée de la diligence anxieuse qu'il avait apportée à l'enquête. Il parlait pour la justice, pour montrer à tous la calme détermination de la police, et particulièrement aux accusés qu'une enquête irritante où il avait été pas mal baladé ne comptait pas auprès de la satisfaction du travail accompli. Combien de fois avait-il menacé Jeff et surtout Cathy qui restait sur son quant-à-soi de cette conclusion où ils seraient l'un et l'autre accusés de complicité d'assassinat !

— Le 12 octobre à 7 h 45, le commissariat a reçu un appel de la cité des Floralies : un homme venait d'être abattu de plusieurs décharges de fusil de chasse. Comme tous les jours Tony allait prendre sa voiture, un 4x4, dans le parking privé devant son immeuble lorsqu'il a constaté que ses pneus étaient à plat. Il avait crevé la veille et il n'avait pas de roue de secours. Il a sorti son portable pour composer le numéro du garage. Un individu a surgi, lui a tiré dans le dos. Quand Tony s'est retourné, il a reçu à bout portant une seconde décharge, qui l'a décapité. Quand le corps était à terre, l'individu a tiré encore dans le ventre. Il a tiré après la mort. Puis il s'est enfui au volant d'une voiture que les témoins décrivent comme une petite cylindrée de couleur claire aux plaques maquillées. Une Fiat, ou une Opel. Le criminel n'était pas identifiable, il portait une cagoule et avait le capuchon de son survêtement rabattu sur la tête. Mais tous les témoins, tous, ont remarqué dans la voiture un grand chien roux avec une oreille cassée, un chien qui s'est mis à hurler et à s'agiter dans tous les sens quand l'assassin a tiré...

Vu la brutalité du meurtre, reprit le policier à l'adresse de la juge, nous avons pensé à un règlement de comptes, une affaire de milieu ou de Gitan, enfin de la communauté des gens du voyage, comme on dit. La victime avait été littéralement écrabouillée comme si, en plus de la mort, le criminel avait voulu faire éclater son corps et son visage. Cela ressemblait à une vengeance. Mais Tony avait une vie rangée, il ne fréquentait ni de près ni de loin le milieu. Grand sportif, il ne se droguait pas. L'enquête de proximité a établi qu'il ne fumait pas et ne buvait pas non plus. Il passait tout son temps libre à la montagne l'hiver, à la mer l'été. Bref un homme tranquille, qui vivait en bon père de famille avec sa concubine et leur bébé dans une cité sans histoires...

Sans mobile, sans traces, nous avons suivi la piste du chien. Un type qui prend tant de précautions pour noircir les plaques de sa voiture, pour se camoufler mais qui laisse comme indice un chien, c'était si gros que nous avons pensé que nous ne retrouverions jamais ce chien. Nous n'avons pas cherché son cadavre qui avait dû être balancé dans une décharge, enterré dans une pinède ou jeté à la mer. Nous n'espérions pas le retrouver vivant. Ce n'est pas ce qu'était devenu le chien qui nous intéressait mais d'où il venait, à qui il appartenait. Pour la première fois dans l'histoire de la police, dit-il avec une légitime fierté, nous avons fait circuler le portrait-robot d'un chien...

Mailing à tous les refuges, toutes les SPA, placardage tous azimuts. Et bingo, le Bon Secours nous a appelés pour nous dire qu'il avait donné à l'adoption six mois auparavant un chien correspondant à celui que nous recherchions. Un mâle croisé, souffreteux, peureux, qui avait été maltraité. Et ils se souvenaient parfaitement de ce type qui leur avait demandé : « Donnez-moi celui dont personne ne veut » et qui était parti avec le chien au bout d'une corde. Le bonhomme, un ancien militaire, sortait de l'hôpital, le syndrome de la guerre du Golfe, il était pâle et gonflé par la cortisone. Pour le chien, c'était ce maître-là ou l'euthanasie. Pour ce type, c'était nécessairement ce chien-là. Il l'emmenait dans le Midi. Le Bon Secours n'avait pas insisté pour l'adresse. Ils n'en avaient pas cru leurs yeux quand ils avaient reçu une carte postale : ils étaient à Marseille, ils se portaient bien.

Le policier sentait que la juge se prenait à son récit. Tant qu'il s'était agi d'homme, de femme, empêtrés dans la matière humaine, elle avait paru distante voire répugnée. Mais, dès que le chien avait fait son apparition, elle s'était radoucie. De son côté, le jeune avocat tenait une justification à l'existence de Jeff, le meurtrier au grand cœur. L'adoption du chien, de façon presque christique, « Donnez-moi celui dont personne ne veut », allégeait sur la balance le poids du meurtre. D'autant plus que dans l'esprit des jurés qu'il aurait à convaincre, la victime a toujours plus ou moins mérité ce qui lui arrive. Le crime demeurait une punition, certes inadéquate et disproportionnée, à une faute commise par la victime. Et le jury, le cœur ouvert par les circonstances de l'adoption du chien, se poserait moins de questions sur les mobiles du meurtrier que sur ce qui pouvait dans la vie de la victime justifier le crime.

La greffière tendit la photo du chien à la juge. Elle put constater, contrairement à une opinion généralement admise, que la nature pouvait se tromper et mettre au monde des horreurs, quoique dans le cas particulier la nature ait été aidée par l'homme. Le chien roux était issu de croisements conçus par l'acharnement eugénique d'une succession d'esprits fêlés. À la place de Jeff, tout être tant soit peu normal aurait refusé ce chien comme une source de problèmes inextricables. Nul pour la garde, inapte à la chasse, d'une nervosité dangereuse pour les enfants et d'un âge qui le rendait impossible à redresser, car de dressage il n'avait visiblement subi que celui de la peur. Elle rendit la photo à la greffière avec une moue significative. Jeff fondit en larmes, ses énormes épaules secouées de sanglots.

Comme un orage qu'on attend et qu'on voit s'éloigner alors qu'il va crever au-dessus de sa tête, l'avocat de Jeff comprenait qu'ici aussi l'histoire du chien effaçait l'impression désastreuse laissée par l'évocation du corps disloqué de Tony. L'assassin était brusquement devenu un brave type au grand cœur capable d'adopter un chien condamné et surtout de l'avoir laissé au péril de son entreprise monter dans la voiture. Qui n'a un jour cédé à son chien ? Qui, attendri par un regard, un jappement, ne l'a quand même emmené dans un périple qu'il a bien sûr compromis ? Le crime n'était qu'un voyage que le chien avait mis à l'eau.

28

L'orage était passé de la tête de Jeff sur la tête de Cathy.

— Nous nous sommes rendus à 9 h 30 au bureau du contentieux du Service des eaux. Nous lui avons appris, le policier fit un mouvement de tête dans la direction de Cathy, la mort de son mari dans son bureau. Elle n'a pas montré d'émotion. Elle semblait s'y attendre. Elle a dit : « Ça devait arriver avec toutes les femmes après qui il courait. » Au commissariat, elle nous a raconté ce que nous savions déjà, elle était séparée de son mari, qui vivait avec une autre femme. Elle était sortie de la vie de Tony. D'abord, elle n'a pas voulu reconnaître le corps : « Pourquoi moi, pourquoi pas sa concubine ? » Ensuite, elle a assisté à la messe d'enterrement dans le fond de l'église, comme si elle ne partageait pas la douleur de la famille et des proches. Et, s'adressant à la juge, le policier soupira : On a beau en vouloir à quelqu'un, quand cette personne décède, on peut ressentir un peu de chagrin, non ?

L'avocat de Cathy s'insurgea contre l'intervention du policier dont l'opinion recoupait, c'était visible, l'intime conviction de la juge et cette intime conviction était depuis le début que, si Jeff était un criminel assez idiot pour se faire prendre parce qu'il n'avait pas eu le minimum d'autorité pour laisser son chien à la maison, l'âme du crime était Cathy. Perverse et manipulatrice, elle avait organisé le meurtre de A à Z, désigné la victime, fourni sa photo, son emploi du temps, son adresse, le numéro de sa plaque d'immatriculation, séduit le malheureux Jeff réduit à l'état de garde du corps, exécuteur des basses œuvres, payé de promesses amoureuses et gardé sous pression par des coups de téléphone incessants, excité en permanence par la perspective d'une vie commune avec la dame, voire de relations sexuelles, qu'elle remettait sans cesse pour le chauffer à blanc.

Il arrêta ce flot d'insinuations et pour entamer la crédibilité du policier il lui demanda si à son avis Cathy, quand il l'avait rencontrée dans son bureau, était au courant de la mort de son mari. Le policier tourna la tête vers lui, donc vers l'accusée. Il répondit qu'il ne pouvait rien déduire de l'attitude de Cathy – il l'avait signalé : elle était sur la défensive – et que l'enquête devait révéler que Jeff lui avait passé un coup de fil une heure avant. Il lui avait dit : « C'est fait. »

L'avocat protesta, s'il était attesté que Jeff avait bien téléphoné à Cathy ce matin-là, on ne savait pas ce qu'il lui avait dit. L'avocat se tourna vers la juge pour lui faire remarquer que le policier était sorti de la neutralité de l'enquête et qu'il tirait des conclusions défavorables à sa cliente. Le policier eut un léger soupir qui montrait que celui qui s'énervait ce n'était pas lui, mais l'avocat.

— Poursuivez, demanda la juge, nettement en faveur du policier.

Après la bruyante opération punitive qui avait précipité tout le monde sur le balcon, dont la malheureuse Malou, son Angelo dans les bras, Jeff s'était engouffré dans sa voiture, qu'il manœuvrait d'un bras pendant que de l'autre il tentait de retenir le chien, que les coups de feu avaient rendu fou de trouille.

Jeff précise qu'il est rentré chez lui. Il a garé la voiture au milieu des épaves désossées destinées à la casse. Il a attaché le chien au pneu devant la maison. Lili dormait. Il a mis en route la cafetière. Pendant que le café coulait, il a appelé Cathy. Il a dit : « C'est fait. » Il y a eu un souffle, un gémissement. Une fois convaincu d'un assassinat qu'il avait d'abord nié, il s'en est toujours tenu à cette version. « C'est fait », c'est lui qui l'a dit, il sait quand même ce qu'il dit !

— Oui, intervint la juge, sauf que ce que vous dites n'est presque jamais la vérité, et que je peux mettre deux fois en doute votre parole, d'abord sur ce que vous êtes supposé avoir dit, ensuite sur ce que vous nous dites aujourd'hui.

La réalité : Jeff a tué Tony devant le domicile de Malou à 7 h 45 du matin. Il n'a passé qu'un seul coup de fil depuis le domicile de Lili, un seul, en direction de Cathy, à 8 h 10, durée de l'appel six secondes. Les personnes ici présentes peuvent mesurer le temps que l'on met pour prononcer « C'est fait ».

— Le coup de fil, vous n'en avez jamais parlé, pourquoi ? demanda la juge à Cathy.

— La peur, murmura Cathy.

Il faut savoir ce qu'ont été les semaines qu'elle vient de vivre, fragilisée par l'abandon de son mari, par cette grossesse difficile, en proie à l'angoisse d'élever seule un bébé sans le secours de sa mère délibérément absente à cette période, face à cet être monstrueux qui prend pied dans sa maison, qu'il décortique, qui s'installe, décide ce que l'on fera du jardin, amène son chien, veut mettre des poules dans la cabane, s'occupe des mercredis du fils aîné, s'improvise gardien d'enfants, un repris de justice, les mains encore tachées du sang de ses propres enfants. C'est tous les jours que Cathy a eu peur. Peur de ce qu'il inventerait, peur de ce qu'il ferait. Peur ce matin-là, peur comme d'habitude. Ce n'est pas ce qu'a dit Jeff qui est important mais ce qu'elle a compris.

A-t-elle entendu « C'est fait » ? Elle ne sait plus. D'abord elle a nié avoir reçu cet appel. Longtemps, face aux policiers, au commissaire, à la juge, il n'y a pas eu de coup de téléphone. Il y a peut-être eu une sonnerie mais elle ne l'a pas entendue, cela peut arriver quand elle se trouve dans la salle de bains ou quand elle change le bébé. Quand est-ce, dites-vous, qu'il m'aurait appelée ? 8 h 10 ? Si elle a décroché, elle ne se souvient pas d'avoir approché le combiné de son oreille. Elle n'a rien compris parce que le bébé pleurait et elle a dû raccrocher en pensant qu'on la rappellerait. Elle a vaqué à ses affaires, elle a continué à se préparer, elle devait être au bureau pour 8 h 30.

— Lili dormait, dit l'avocat, Jeff parlait doucement, à voix basse, sans articuler, il ne voulait pas la réveiller.

Cathy sera au bureau à 8 h 30.

Dans l'enquête de proximité, la concierge, le crapaud, la stagiaire la trouvent « comme d'habitude ».

– Pas un peu plus émue ?

– Non, comme d'habitude.

– C'est-à-dire ?

– Plutôt réservée.

– Qu'est-ce qu'elle a fait ?

Comme d'habitude, après avoir confié le

bébé à la concierge, elle s'est enfermée dans son bureau. La greffière communique la pièce 234. Elle a passé deux coups de téléphone. D'abord à la mairie pour joindre le responsable du matériel, durée de l'appel deux minutes, puis à sa mère, qui n'a pas répondu.

— Bien sûr, elle était encore en croisière !

Après, les policiers sont arrivés au bureau du contentieux.

— 9 h 30, précisa la juge en consultant ses notes. Qu'avez-vous fait entre 8 h 30 et 9 h 30 ?

— Elle a travaillé, répondit l'avocat.

— Non, dit la juge, elle a ouvert son ordinateur, et elle est restée presque une heure devant son écran vide.

29

Le téléphone a sonné à 8 h 10. Cathy a décroché de la main gauche, elle tenait le bébé dans le bras droit en l'appuyant sur la hanche pour l'empêcher de glisser. Position d'autant plus inconfortable qu'elle tentait d'approcher le combiné de son oreille droite, emmêlant le bébé dans le fil. L'enfant s'est débattu, elle l'a retenu avec le coude gauche, le combiné a glissé. Elle a entendu Jeff loin, très loin, dans un souffle. « C'est fait. » Il a ajouté quelque chose, peut-être « C'est moi qui reprendrai contact » ou « reprendrai contact ». Il n'y a que « contact » dont elle est sûre. Il a raccroché sans lui laisser le temps de répondre. Elle ne l'entendait pas bien. Elle n'a pas parlé. D'abord raccrocher le téléphone, assurer le bébé sur son bras, chercher ses clés, fermer la porte.

« C'est fait », elle le jure, ne lui dit rien à ce moment-là. « C'est fait », comme un boulot que l'on a terminé, une voiture que l'on a garée, un siphon que l'on a débouché, un clou que l'on a planté... « C'est fait », comme on règle un problème, pas comme on tue un homme. Et pourtant l'inquiétude pointe. Elle envahit son esprit, elle raidit ses gestes. Cathy cogne le crâne du bébé en l'installant dans la voiture. Il crie. Ses hurlements la déconnectent un instant de ses préoccupations. Elle s'apaise en l'apaisant, lui remet sa tétine dans la bouche, il est déjà 8 h 20. Pendant les dix minutes du trajet, l'inquiétude revient.

— Comment était le ton de Jeff, victorieux, serein, effrayé ?

Elle ne peut pas le dire, elle ne l'a pas entendu.

— Qu'est-ce qui la perturbe alors ?

Au bureau du contentieux, tout est calme. Cathy donne l'enfant à la concierge. Elle veut la prévenir qu'elle lui a cogné le crâne pour qu'elle lui mette un peu de glace sur la bosse. Mais elle n'a pas le temps de le lui dire, elle regarde sa montre. Il ne lui reste que deux minutes pour monter l'escalier, s'installer à son bureau. Quand elle referme la porte, elle est à l'abri. Il faudrait qu'elle téléphone à Jeff, mais elle se retient parce qu'elle n'a pas compris ce qu'il lui a dit au sujet de prendre contact.

— Vous ne voulez pas vous compromettre ?

Elle a besoin de décrocher son téléphone. Elle fait le numéro de la mairie. Elle n'a rien à dire au chef de service du matériel mais elle a envie de prolonger la conversation. Il l'écourte. Elle raccroche pour appeler sa mère. Le téléphone sonne dans le vide. « S'il te plaît, maman, s'il te plaît ! » Pas de panique, tout va bien. Chacun est à sa place, le chef du matériel dans son bureau à la mairie, sa mère en croisière, le crapaud beige en face d'un visiteur qu'il arrose de salive et la stagiaire derrière son ordinateur, où elle a planqué une réussite. La ville est calme, c'est un jeudi comme un autre.

Cathy ouvre son ordinateur, elle plonge dans sa lumière. L'eau de la Durance en rouge coule dans le canal de Provence en vert, la canalisation centre-ouest s'éclaire en jaune.

— Vous ne pensez pas appeler Tony ? demanda la juge.

Non, elle a pensé appeler tout le monde, même des gens à la périphérie, elle a surtout pensé rappeler Jeff, mais à aucun moment elle n'a pensé appeler Tony.

— Parce que vous saviez qu'il était mort ?

— Ou au contraire parce que vous ne vous faisiez aucun souci pour lui ? demanda l'avocat.

Pour Cathy, la vérité était entre les deux. Elle n'avait pas pensé l'appeler mais elle commençait à se faire du souci.

— Elle s'inquiétait pour tout le monde, coupa l'avocat.

C'est alors que la stagiaire est entrée dans le

bureau en proie à une grande excitation, deux policiers demandaient à voir Cathy. Elle a eu juste le temps de se lever, ils étaient déjà entrés. Ils lui ont demandé si elle était bien Catherine Sorbier, épouse d'Antoine Sorbier. Elle a dit oui. Ils lui ont dit que son mari venait de mourir. L'eau du canal de Provence en vert, la canalisation est-sud en violet et le téléphone qui sonne, sonne, sonne.

— Vous ne décrochez pas ?

C'est le chef du matériel, il s'excuse de sa froideur. Au moment du coup de fil de Cathy, il avait dans son bureau un visiteur.

– Je vous rappellerai, dit Cathy.

– Mais... dit le chef du matériel.

Elle raccroche. La canalisation du réseau nord bleu clair, celle du sud, bleu foncé, et le canal de Provence, vert. Les vannes rouges clignotent.

Le policier précisa qu'elle avait posé le bout de sa main droite sur le bord du bureau, trois doigts. Une pression qui semblait légère, une femme menue qui effleure son bureau. En réalité ses phalanges étaient blanches et elle basculait sur le bureau, c'est le corps entier que ses doigts retenaient. Ils lui ont dit qu'elle devait les suivre, qu'ils allaient la conduire au commissariat. « Pourquoi ? » a-t-elle demandé. Elle ne semblait pas se souvenir que Tony était son mari. Elle ne semblait pas plus impliquée dans la mort de Tony que dans celle de n'importe quel inconnu.

En traversant le bureau, elle a lancé à la cantonade que Tony avait été tué. Elle n'a pas dit « mort », releva le policier, simplement mort comme pour un accident de voiture, un infarctus, et c'est dans le bureau du commissaire qu'elle s'est mise à parler sans qu'on le lui demande. Tony avait quitté le domicile conjugal longtemps auparavant. Ils étaient en instance d'un divorce qui devait être prononcé dans les jours à venir. Il vivait maintenant avec Malou, dont il avait un enfant. Situation qui avait désespéré le mari de Malou, Franck, qui avait à plusieurs reprises émis des menaces de mort. Il se pouvait que Franck ait fait lui-même justice.

Le policier se rappelait que devant ce déluge de paroles le commissaire avait dû endiguer le flot d'accusations en lui disant : « On n'en est pas à chercher des coupables, madame, mais à vérifier votre identité. » Il lui avait fait répéter qu'elle était Catherine Sorbier, mariée à Antoine Sorbier, mère de deux enfants, Olivier, quinze ans, et Camille-Angelo, trois mois.

— Ça, madame, ce sont des faits, c'est la réalité. Le reste, c'est le corps de votre mari. On n'en est pas encore à arrêter le criminel.

30

— À quoi pensiez-vous devant l'écran de votre ordinateur ? demanda la juge. Au crime qui venait d'être perpétré ? Vous éprouviez de la peur, de la tristesse, du chagrin, vous vouliez vous mettre à l'abri ?

Elle ne s'était pas rendu compte qu'elle était restée tant de temps devant l'ordinateur. Peut-être l'avait-elle ouvert machinalement. Et puis, elle l'avait oublié parce que sur son bureau il y avait du courrier à dépouiller.

— Pour vous, madame le juge, plus aucun geste n'est neutre, protesta l'avocat. Vous retournez contre elle tout ce que fait Cathy, comme la preuve de sa froideur et de son machiavélisme. Et si elle avait accompli ses gestes usuels sans les calculer, depuis le coup de fil de Jeff qu'elle n'a pas entendu ou pas compris jusqu'à l'arrivée de la police criminelle dans son bureau. Et si tous les matins elle passait une heure devant son écran les yeux dans le vague pour décompresser. Un sas entre la maison et le bureau. A-t-on analysé le contenu de son disque dur ?

— Ce sont les policiers qui vous apprennent donc la mort de votre mari, continua la juge en direction de Cathy. À 8 h 10 vous l'ignorez encore mais à 9 h 30 vous êtes au courant. Et dans le rapport de police, je vois que vous ne semblez pas plus surprise que cela. Le personnel du Service du contentieux montre plus d'émotion que vous. Vous, vous ne semblez pas étonnée qu'il soit mort, vous en déduisez toute seule qu'il a été tué. Vous faites de votre mari le portrait d'un cavaleur, d'un noceur inconséquent, pourchassé par tous les jaloux de la terre. Vous dites « des ennemis, il n'en manquait pas ». Vous envoyez même les enquêteurs sur la piste de Franck, le mari de Malou. Vous leur apprenez que ce dernier a clamé haut et fort qu'il lui ferait la peau. Quand Franck sort de garde à vue, vous émettez l'hypothèse que d'autres maris trompés auraient pu s'occuper de Tony. Vous évoquez aussi la possibilité d'un tueur à gages. À aucun moment vous n'avouez que ce tueur à gages c'est Jeff et que c'est vous qui l'avez engagé. Pourquoi ne dites-vous pas la vérité ? Si vous l'aviez fait, à ce moment encore le pire aurait pu être évité.

Il ne fallait pas que l'assassin fût Jeff, tout était bon à prendre mais pas Jeff. Dénoncer

Jeff, c'était mettre le projecteur sur elle. Franck, dont la photo trônait sur le bureau de Malou, faisait hors champ un coupable idéal, un meurtrier qui avait toutes les raisons du monde de tuer Tony, un assassin avec lequel depuis leur brouille elle n'entretenait plus aucun rapport. Au fond, parce que son meilleur ami avait engrossé sa légitime épouse, c'est lui qui avait le plus souffert. C'est lui qui n'avait pas supporté d'être quitté et qui était officiellement en guerre pour avoir la garde de leurs enfants. Du jour au lendemain, sa vie était brisée. On l'avait vu pleurer, on l'avait entendu proférer des menaces. Il avait provoqué Tony devant le personnel de la société de climatisation. Ils s'étaient battus dans le parking de la cité des Floralies. C'est lui qui aurait dû tuer Tony. Pas Jeff, pas elle.

Elle avait raison. Franck faisait un assassin bien plus crédible que cette brute à demi débile de Jeff, à laquelle personne ne pensait. Pendant qu'une équipe de policiers partait sur la piste du chien, une autre élucida celle du mari trompé... Il fut même le premier interpellé dans cette affaire. Personne ne s'étonna, personne ne s'indigna. Il avait ses raisons et « il y avait de quoi ». Pour Cathy, d'une certaine façon, tout rentrait dans l'ordre d'une logique que le destin de Tony aurait dû suivre. Pour répondre à la juge, elle aurait pu dire que la mort violente de son mari ne l'étonnait pas, car à ses yeux il la méritait. C'est de cette conviction, et non de l'insensibilité dont on l'accusait, qu'elle tirait la force d'affronter ces jours si pénibles. C'était comme si depuis le début elle savait que Tony était condamné. Elle savait que la police viendrait lui apprendre sa mort. Elle savait qu'elle devrait reconnaître son corps, assister à ses obsèques. Elle avait tout vécu par avance.

Elle regretta cependant d'avoir, au titre d'épouse légitime, à effectuer ces tâches dont, elle l'avait dit à la police, le soin – prime à l'adultère – devait revenir maintenant à Malou. C'est encore pour ne pas trop attirer l'attention qu'elle se conforma, à contrecœur, à ce que la police attendait d'elle. On fit glisser le tiroir, on ouvrit le drap. C'était Tony et elle ne le reconnut pas. Il y avait un peu de Tony au visage, avec le nez pincé, plus rien de lui dans le grand corps rigide. Comme un mauvais portrait de Tony que le peintre aurait voulu représenter décoloré et enveloppé de bandelettes blanches. Elle n'eut pas peur, elle n'eut pas de chagrin.

Le policier nota son regard froid. Pas une larme, pas un soupir, juste les doigts blanchis sur la poignée de son sac. Tout ce que le médecin légiste s'était appliqué à combler, à recoudre et à bander, il le défit pour provoquer l'émotion de cette femme dure, il lui raconta dans le détail les litres de sang perdus, la tête arrachée, le ventre crevé. Elle l'écoutait le regard baissé sur le cadavre. Elle ne voyait pas de sang, pas de corps décapité, pas de trous. Une grande poupée bien lavée, bien habillée, à ranger dans sa boîte. Il n'y avait plus qu'à l'enterrer.

D'abord Cathy ne voulut pas entendre parler de l'enterrement. Sa mère mit des heures à la persuader d'y aller. Pour Tony, plaidait-elle. Non. Pour Olivier et le bébé, ce sont ses fils tout de même. Rien à faire. Pour les gens, qui ne comprendraient pas. Elle se décida, mais pas de noir, pas de chapeau, pas de deuil, elle n'était pas sa veuve. Elle irait en robe de mariée, comme la fois où, dans cette église, il lui avait fait le serment de l'aimer toujours. « Tu es folle, avait dit sa mère, complètement folle. Tu ne sais pas ce que tu dis ! »

Pendant que sa mère remontait l'allée avec Olivier pour s'installer devant avec la famille, elle resta modestement mise dans sa petite parka beige, au fond, bien ostensiblement derrière tout le monde. Elle vit passer Malou avec des lunettes noires, signe convenu du chagrin, son Angelo dans les bras. Elle vit le cercueil qui tanguait au-dessus des têtes. Ballet des voiles, des draps et des fleurs. Comme une fête de la mer. Elle n'alla pas donner la bénédiction. Elle subit le discours du président de club de vtt, celui de l'entraîneur de foot, du représentant de l'association de pêche au gros et celui, éploré, de la société de climatisation réversible. Ils se passaient le micro comme au karaoké.

L'église organisait à propos d'un mort une cérémonie à la gloire du corps. Car c'est le corps de Tony que tout le monde louait, sa vitesse à vélo, sa précision au tir, son adresse à la pêche. Les cyclistes qui vinrent faire le panégyrique de leur copain avaient l'imaginaire borné à leur spécialité. Ils prenaient leurs métaphores dans le langage des courses, l'angle d'une pente, la force du vent. La mort n'était qu'une sortie de route, une ascension en solitaire. Déjà à l'occasion des obsèques de son père, elle avait regretté que le prêtre quittât les chemins de l'Écriture, qui en ces circonstances conduisent tous à l'Apocalypse, pour la pelouse des stades. Non, son père, qui avait été aussi maire de Palance, n'avait pas uniquement passé ses mandats à se défoncer pour procurer des maillots et des ballons neufs aux jeunes du club de foot. Il fallait remonter à ses grands-parents pour retrouver une cérémonie qui honorait les morts pour ce qu'ils étaient, des âmes qui attendaient le jugement dernier.

Malou dramatisa la cérémonie en disant au micro, des sanglots plein la gorge, que Tony était la vie et l'amour et qu'il était tombé frappé par la haine et la violence, qu'il était le courage et la bonté et qu'il avait été détruit par la lâcheté et la méchanceté. La femme adultère, étreignant le micro comme une chanteuse de bastringue, disait à la face des sportifs contrits combien Tony avait comblé son corps et rassasié son cœur. Elle pleurait sur leur bonheur détruit, sur leur famille pulvérisée par les balles qui avaient traversé son corps musclé. Ses spasmes de chagrin, de révolte et de colère n'étaient que les spasmes de l'amour, pour Tony elle n'avait rien d'autre en réserve. Le bâtard se mit à pleurer d'un cri qui disait son impatience à être serré à étouffer dans des bras si nerveux, sur une poitrine si palpitante et que l'assemblée prit pour le cri même de l'orphelin, un cri de désespoir.

31

Au Service du contentieux, on ne parlait que de cela, Franck avait été relâché. L'enquête était relancée. Cathy ne voulut rien entendre et, sous prétexte du secret de l'instruction, elle s'enferma dans son bureau, qui ne constituait pas un refuge suffisant puisque Franck y débarqua pour lui faire une scène. Il l'accusait d'avoir envoyé les policiers sur sa piste, de leur avoir découvert ce qu'il lui avait confié de sa détresse lorsque Malou l'avait quitté. Il la trouvait déloyale et monstrueuse. Quel qu'ait été son malheur, il n'aurait pas tué un homme et il n'aurait pas tué un ami. Il disait : « Je ne pensais pas que tu pouvais faire ça, je ne croyais pas que tu étais capable de ça. » C'était comme s'il l'accusait du crime. Elle répliqua qu'elle aussi avait été convoquée, qu'elle aussi était partie entre deux flics. « Oui, mais toi, on ne t'a pas accusée, toi tu n'as pas été interrogée, toi tu n'as pas dormi dans une geôle... » – curieux mot. Elle répliqua que jusqu'à plus ample informé le crime avait été perpétré par un homme.

– Oui, dit Franck, un homme avec un chien.

C'était dit, un homme avec un chien. Elle ne voulait pas savoir quel homme, elle ne voulait pas savoir quel chien, ni d'ailleurs quel homme avec quel chien. Elle sut malgré elle. En allant prendre le pain, elle vit sur la porte de verre de la boulangerie le portrait-robot du chien. Elle rebroussa chemin. Elle ne prit pas de pain ce jour-là, mais le portrait-robot était sur les portes de chaque magasin, il était collé sur les pompes à essence de la station-service, sur les caisses du supermarché. Ultime défense, elle se dit que ce pouvait être un autre chien, qui ressemblait beaucoup à celui de Jeff. Peut-être était-il plus sombre que celui qu'elle connaissait. Elle n'arrivait plus à se tromper. C'était bien le chien de Jeff. Elle pleura et on la vit pleurer dans la rue et on mit son chagrin sur le dos de son deuil, elle faisait pitié, on la plaignait.

— Mais, lui demanda la juge, pourquoi à ce moment-là n'êtes-vous pas allée à la police dire que vous reconnaissiez le chien ? Le destin vous offrait une seconde occasion de vous tirer d'affaire, de prouver votre bonne foi.

— Je n'étais pas sûre.

— Vous n'étiez pas sûre !

— Je m'étais déjà trompée... avec Franck.

— Vous savez que cela n'a rien à voir ! Franck était une fausse piste sur laquelle vous avez délibérément embarqué la police. Avec le chien, vous aidiez à l'édification de la vérité.

Comment pouvait-elle expliquer sans se compromettre qu'elle connaissait l'homme, qu'elle nourrissait le chien, que l'homme venait quotidiennement la voir, qu'ils se téléphonaient très souvent et qu'il l'avait appelée le matin du crime ?

— Si vous n'aviez rien à vous reprocher vous auriez dû le dire. Ce sont tous ces non-dits, ces demi-vérités, ces secrets mal ficelés qui pèsent contre vous. Quel mal y a-t-il à connaître l'assassin de son mari si on n'a participé ni de près ni de loin au crime ? Vous auriez dit ce que vous nous dites maintenant, on vous aurait crue...

C'est elle qui ne se serait pas crue. Elle se demandait si le désir qu'elle avait eu de voir disparaître Tony et, pis, de l'anéantir – qu'il souffre, qu'il crie, qu'il appelle au secours – oui, si ce désir qu'il supplie, qu'il souffre mille fois plus que ce qu'il l'avait fait souffrir, ce désir qu'elle n'avait jamais tout à fait exprimé dans toute son intensité, n'avait pas été exaucé comme un souhait monstrueux. Elle n'avait pas tué son mari, elle n'avait rien fait pour qu'il le fût mais elle y avait pensé de toutes les vibrations de son être, et quelqu'un l'avait entendue, quelqu'un l'avait comprise, quelqu'un avait exécuté avec la barbarie nécessaire tous les détails de son horrible vœu.

— J'ai beaucoup souffert quand Tony m'a quittée, soupira-t-elle.

Elle avait tellement souffert que sa mort dans un accident de voiture écrasée contre un platane ne l'aurait pas apaisée, ni le dérapage catastrophique de son vélo de course au bord d'une falaise, ni une rupture d'anévrisme bien nette, bien propre, gling, dans sa salle de bains. Le crime sanglant perpétré avec une arme que l'on n'emploie que pour les sangliers, l'acharnement du meurtrier qui tire à bout portant, éventre et décapite le corps, étaient à peine à la mesure de la violence que Tony avait libérée en elle. Elle n'aurait pu rêver d'un crime plus juste.

La violence bouillait en elle, torrentueuse, exclusive, elle annihilait tous les autres sentiments, elle était devenue l'unique réponse à tout ce qu'elle éprouvait. Violence contre la stagiaire qui prenait un congé maladie, « Qu'elle crève ! », violence contre le crapaud beige parce qu'il lui faisait horreur, « Qu'il crève ! », violence contre sa mère qui se faisait prier pour lui rendre un service, « Mais crève donc ! », violence avec le bébé, « Tu arrêtes de pleurer, toi, bouffe ta couche, bouffe ta merde ! ». Violence avec la femme qui lui avait piqué sa place de parking, avec la boulangère placide qui prenait son temps pour rendre la monnaie, et la pharmacienne qui disparaissait dans l'arrière-boutique pour chercher le médicament et qui revenait en traînant les pieds : « Je vous le commande pour demain ? » Cathy était épuisée par une violence qui traversait son corps. Elle était tendue comme un arc, les mâchoires crispées, les poings serrés et les ongles plantés dans la chair de ses paumes. Elle passait son temps à la contenir pour que personne ne sache à quel point elle souhaitait leur mort, leur souffrance, leur anéantissement à tous.

Pourtant, jamais elle ne fut si douce et si réservée, le seul signe qu'elle s'autorisait furent les larmes. Elle pleurait à tout bout de champ, pas des sanglots rauques, non, de longues et douces larmes qui ruisselaient sur son visage défait, par la fatigue, croyait-on. La stagiaire déposait une demande de congé inopportune, Cathy pleurait. « Tu veux que je reste ? » demandait l'intéressée soudain culpabilisée. Le crapaud beige lui apportait le parapheur, elle pleurait. « Allez, ne t'en fais pas, essayait le crapaud, tu te fais du mal. » Elle pleurait devant la boulangère qui n'en finissait pas de compter ses piécettes : « Ça ne va pas ? », devant la pharmacienne : « Vous ne voulez pas essayer un petit calmant, juste des plantes ? », devant sa mère : « Ne joue pas les mater dolorosa ! » Et le bébé qui pleurait, pleurait lui aussi.

32

— L'adultère de Tony avait tout anéanti.

— L'adultère !

— Elle veut dire la mort, madame le juge, corrigea l'avocat.

Non, elle disait bien l'adultère, la mort de Tony l'avait moins bouleversée que l'adultère. Plus rien ne serait comme avant. Elle fut cette femme qui un jour s'en va pour ne plus revenir. Elle fut cette femme que des milliers d'avis de recherche ne retrouveront pas. Cette femme qui quitte sa maison, abandonne ses enfants. Cette femme qui ne donne plus signe de vie. La veille des vacances de la Toussaint, le temps de conduire Olivier chez sa mère, qui l'emmenait à Pra-Loup, de laisser le bébé chez la concierge, de monter fermer son bureau et de dire à la cantonade : « J'ai rendez-vous avec le responsable du matériel », Cathy était partie. Ils vaquaient à leurs occupations. Le crapaud derrière son code, la stagiaire devant son écran. Ils n'avaient pas levé la tête, c'est comme si elle n'était déjà plus là et que sa présence parmi eux se dissolvait dans le vague souvenir qu'ils garderaient d'elle. « La dernière fois qu'on l'a vue, c'était dans le bureau, elle allait... » Où allait-elle ? Ils n'avaient pas entendu ce qu'elle leur avait dit.

À cet instant, elle avait sur eux l'avantage de savoir, elle, qu'elle partait. Elle éprouvait le plaisir secret et voluptueux d'une revanche contre le destin en les imaginant enchaînés à leur place, la corde au cou. Elle mesurait la supériorité qu'elle avait sur eux de foutre le camp. Elle partait avec ce qu'elle avait sur elle, rien dans les poches. Prendre sa voiture pour s'éloigner de Palance, l'abandonner dans un parking, n'importe où. C'était définitif.

Elle s'engagea sur l'autoroute. En dehors de Palance, elle ne connaissait que le trajet vers les Alpes, où se rendaient sa mère et Olivier, ou vers la Côte d'Azur, où elle avait souvent accompagné Tony. Elle n'avait jamais roulé pour rouler, elle était toujours allée quelque part. Au fur et à mesure qu'elle s'éloignait, elle éprouvait le malaise grandissant de ne pas savoir où se diriger. Elle bifurqua vers Aix, parce qu'elle connaissait cette ville. Elle y avait fait ses études, elle y avait rencontré Tony. Elle se gara près du parc de la fac de droit où ils se donnaient rendez-vous autrefois. Elle alla directement à leur banc favori, sous l'arbre de Judée, si beau au printemps que l'on croit à quelque nuage rose offert aux humains en promesse d'au-delà. À peine plus gros, à peine plus grand, les années avaient légèrement courbé et alourdi ses branches. Ne ferait-elle jamais que ce qu'elle avait déjà accompli et tous ses gestes ne la conduiraient-ils qu'à Tony ?

Une femme prit place à côté d'elle. Elle appela : « Angelo, Angelo ! » Un petit bouledogue jaillit d'un buisson et d'un bond s'installa sur ses genoux. Et voilà qu'Angelo, c'était maintenant un chien, il ne suffisait pas qu'il soit le fils de Malou, il fallait, ultime mutation, que ce soit ce petit magot noir et grimaçant qui ressemblait à un singe, image troublante d'une humanité qui naît ou qui s'efface. Pas de gueule mais une figure, presque un visage. Une chimère au bout d'une laisse, une créature qui hésite sur sa destination et un nom qui lui fait gagner des millions d'années pour le placer tout en haut de l'échelle des êtres. Pas tout à fait humain mais déjà divin justement, parce que son humanité ne s'est pas encore concrétisée.

En guise de mot de politesse, comme un laissez-passer, Cathy dit que le chien était joli. Ce n'était pas l'adjectif adéquat pour le petit monstre grimaçant qui flairait avec application sa jupe mais il fut bien reçu par la maîtresse.

Elle partit sur les particularités des bouledogues, dont l'intelligence n'est paraît-il plus à démontrer. « Ils ont du caractère » et la beauté complexe, difficile à apprécier pour des profanes, le carré du corps, le retrait de la face, la taille des oreilles... tout un monde dont Cathy ignorait une heure plus tôt l'existence. Je suis partie, se disait-elle, je suis ailleurs.

La dame lui raconta qu'elle venait ici quatre fois par jour. C'était son banc. Elle connaissait les heures et les habitudes de tous les chiens et de leurs maîtres comme si le parc était le lieu d'une vie différente, accélérée, mais plus monotone que celle de la ville. Elle lui raconta comment un homme qu'elle rencontrait ici tous les jours s'était suicidé quand il avait perdu son chien. Il en avait deux, les mêmes, il aurait pu reporter son amour sur le survivant. Eh bien non, c'est toujours à celui qui était mort qu'il pensait. Elle confia à Cathy, en baissant le ton, qu'il lui semblait que la douleur de ceux qui ont perdu un animal était plus grande que celle des gens qui ont perdu un être humain. C'était un secret que personne ne révélait, si bien que lorsque ça vous arrivait on croyait devenir fou de douleur. Cathy approuva avec gravité. Elle comprenait que le deuil du chien est le sublimé de tous les chagrins.

– Vous n'avez pas de chien ? demanda la dame.

Non, répondit Cathy, mais c'était tout comme, elle connaissait quelqu'un qui en possédait un. Il l'avait pris dans un refuge. Il lui était passionnément attaché.

La dame fut impressionnée par la démarche, refuge, SPA, comme un brevet de supériorité humanitaire. « Il y a ceux qui peuvent et ceux qui ne peuvent pas », constata-t-elle. Elle, elle ne pouvait pas.

Pendant que Cathy l'écoutait analyser l'amour exclusif qu'elle portait aux bouledogues, le chien de Jeff se matérialisa dans son esprit. Elle le voyait qui marchait au fond du parc tenu au bout d'une corde par Jeff. Elle ferma les yeux pour effacer cette image gênante et quand elle regarda à nouveau elle ne vit que ce qui était au fond de l'allée, avant que l'image ne se superpose, une jeune fille qui gardait un petit garçon habillé de jaune. Deux étudiants s'embrassaient du côté de la roseraie.

La dame racontait qu'elle avait déjà eu un bouledogue qui était mort à onze ans et qu'elle ne se remettait pas de sa disparition. Peut-être était-elle en train de lui dire que, comme l'homme qui s'était suicidé, ne pouvant transférer son amour d'un chien à l'autre, elle allait elle aussi mettre fin à ses jours. Ce que l'on voyait ici, dans ce parc, ce n'était pas un homme ou une femme qui promenait un chien mais un chien qui traînait un homme ou une femme dont il avait pris en charge l'angoisse, la détresse et le deuil.

– Le chien est une bête à chagrin, dit la dame, et chaque passant tient au bout d'une laisse une douleur que son corps ne supporte plus.

Irrésistiblement, Cathy pensait au chien de Jeff. Et le chien réapparut en surimpression. Elle mit sa main sur son visage.

– Ça ne va pas ? demanda la dame.

Elle chuchota, les yeux dans le vague, qu'une amie lui avait révélé un terrible secret.

Par quel bout prit-elle sa propre histoire ? Car ce n'est pas tout de raconter les faits. Il faut les présenter, les agencer. Il n'existe pas d'histoire réelle mais des histoires imaginées à partir du réel par chacun de ceux qui les racontent. Et même ce n'est pas aussi facile que cela, aussi tranché. Il se pouvait que l'histoire fluctuât au fil de l'humeur ou de l'intérêt de chacun, au fil aussi de ce que l'on cache. On ne raconte pas pour révéler, on raconte pour cacher. Que Cathy racontait-elle de son histoire à la dame, que Cathy lui cachait-elle ?

– Si j'étais vous, dit la dame, je dirais à votre amie d'aller dans un commissariat et, là, de tout déballer. Dans un commissariat, il ne peut rien lui arriver, tandis que si elle reste toute seule l'homme viendra la tuer. C'est obligé, un homme qui tue tuera.

La dame avait du bon sens. C'est sûr, Jeff allait la tuer. Il était dans la nature. Elle seule pouvait le confondre. Si elle disparaissait, il n'y avait plus de lien entre lui et Tony. Oui, il fallait qu'elle se réfugie dans un commissariat. Qu'elle coure se mettre à l'abri. Et là qu'elle raconte tout. C'était évident. Il y avait urgence. Elle était déjà debout, impatiente de partir.

– Le chien, continuait la dame, c'est juste avant la bouteille d'oxygène que les malades baladent au bout du tuyau enfilé dans les narines dans le couloir de l'hôpital.

Sous ses yeux, dans le parc, défilait le service de médecine ambulatoire de la ville. Le labrador blond et joueur, le petit chien blanc et nerveux, le caniche, ah ! le caniche abricot... étaient les matérialisations données aux maladies que l'on voulait contenir tout en les flattant et en les caressant pour qu'elles ne se généralisent pas. Vieillesse, désamour, deuil, abandon.

– Et le bouledogue ? demanda Cathy en s'éloignant.

– Alors, lui, c'est toujours la grosse mais alors la très grosse dépression...

Quand elle ouvrit la portière de sa voiture, une main retint la sienne. C'était Jeff.

– Qu'est-ce que tu fais ici ? lui demanda-t-elle.

– Je t'ai suivie, dit-il. Je te suis depuis le début. Je te suis pour savoir si tu es suivie.

– Pourquoi ? lui demanda-t-elle dans un souffle.

– Pour te protéger.

La juge dit qu'on n'avait pas retrouvé la dame au bouledogue, qu'on ne saurait jamais si Cathy l'avait véritablement rencontrée et, partant, la nature de la confession qui avait été faite. Elle constatait que la veille des vacances de la Toussaint Cathy, pour aussi menacée qu'elle le prétendait, n'avait pas profité de l'ultime chance de se mettre sous la protection de la police. C'était bien dommage et, quand elle disait « dommage », le mot était faible. Aussi ne croyait-elle pas à cette fable, à cette histoire alambiquée. Ce qu'elle retenait, et ça c'était bien concret, c'était le rendez-vous de Cathy et de Jeff à l'extérieur de Palance. Pourquoi ?

— Aviez-vous l'intention de partir ensemble ?

33

La fugue se termina piteusement. Cathy revint au bureau avant que les autres ne le quittent pour partir en vacances. Elle les retrouvait dans la position où elle les avait laissés. Le crapaud au milieu de ses dossiers, la stagiaire devant sa réussite. Ils avaient dormi cent ans, ils ignoraient par où elle était passée. Elle était allée très loin, l'épreuve avait été si terrible que la violence avait disparu. La peur la remplaçait. Cathy ne savait pas s'il valait mieux subir la violence ou avoir peur. Le corps est pareillement possédé, elle ne pleurait plus mais elle tremblait, elle ne criait plus mais ses mains étaient froides et toujours le cœur qui aboie et hurle à mort comme un chien abandonné.

Cathy n'ouvrit son bureau que pour le refermer. Elle composa le numéro de sa mère, ultime appel au secours. Il fallait qu'elle prenne le bébé, qu'elle l'emmène à la montagne avec Olivier. Maman, je t'en prie, je n'en peux plus.

Maman, s'il te plaît, ne le laisse pas avec moi. Maman, aide-moi. Maman aide-moi. Mais le téléphone sonnait dans le vide.

Ils se souhaitèrent tous de bonnes vacances, ils se donnaient rendez-vous dans une semaine... Elle alla chercher le bébé. La concierge lui fit remarquer qu'il avait deux gros bleus.

– Deux ? s'étonna Cathy.

Il s'était fait une bosse l'autre jour, mais l'autre elle ne voyait pas où, elle ne voyait pas quand.

– Vous regarderez son dos, dit la concierge, il est tout bleu au-dessus des fesses.

Elle avait dû le frotter avec de l'arnica. Elle observait avec inquiétude la façon dont Cathy manipulait l'enfant pour le coucher à l'arrière dans son siège de bébé.

– Faites attention, lui dit-elle, la tête c'est fragile.

Cathy obtempéra, elle s'excusa encore, la bosse de l'autre jour était un accident et, pour rassurer la concierge, elle lui raconta qu'elle partait pour Pra-Loup rejoindre sa mère et Olivier.

– Ça vous fera du bien, dit la concierge.

En larmes, elle devait déclarer plus tard aux enquêteurs que Cathy avait ajouté en remontant la couverture sur les pieds du bébé : « Ça lui fera surtout du bien à lui. »

Cathy revint dans la maison vide avec le bébé

qu'elle avait voulu abandonner quelques heures plus tôt. Elle rangea l'auto dans le garage, verrouilla la porte d'entrée. Elle ne voulait voir personne. Les vacances de la Toussaint commençaient.

Elle monta l'enfant dans la buanderie. Il y avait beaucoup de linge en retard, elle fut soulagée, avec tout ça elle ne verrait pas le temps passer. Elle brancha le fer au gros câble électrique que l'autre fou avait connecté à l'électricité de la salle de bains. Elle étala une couche sur la table et son regard erra vers la fenêtre. La mer était agitée. Le grand agave au fond du jardin était toujours en fleur. Elle se dit que tout cela existait avant elle et que tout ça lui survivrait, la lance blanche de la fleur d'agave, l'écume des vagues, le léger brouillard qui montait de la mer. Le jour déclinait. Je suis en paix, se disait-elle, et le gazouillis de l'enfant dans la corbeille la dérangea.

Dans le mouvement qu'elle fit pour regarder le bébé, dans l'infime inclination de la tête qui se tournait vers le berceau, elle enregistra quelque chose d'inadéquat qui n'aurait pas dû se trouver dans le paysage, elle se détourna de l'enfant et scruta la forme qui bougeait. Au fond du jardin, près de la cabane, elle reconnut Jeff et le chien... Elle se figea. Elle était comme le lièvre au gîte, les oreilles couchées sur le dos, le museau tremblant, les yeux élargis d'effroi.

Elle interrogeait le silence et le silence la glaçait. La nuit tomba tout à fait, le chien et Jeff disparurent, le jardin et la mer s'effacèrent, il ne restait que la blancheur de la fleur d'agave en suspens dans la nuit.

Ses yeux s'étaient faits au noir et la lumière du fer éclairait bien assez pour qu'elle prenne son enfant dans les bras et, la main sur la bouche pour étouffer les cris qu'il ne poussait pas encore, qu'elle se retranche avec lui dans sa chambre. En bas, elle avait oublié de fermer les volets. Peut-être Jeff était-il entré par une fenêtre. Il allait monter l'escalier à pas de loup pour la surprendre ici.

La juge fit remarquer, elle ne cessait de le dire, qu'à ce moment encore elle aurait dû appeler la police.

La nuit fut longue à calmer l'enfant qui réclamait à manger. Elle lui donna un bout de serviette de toilette à téter. Il fallait tromper sa faim, retenir ses cris dans une sorte de corps à corps déséquilibré. Elle était trop grande et le bébé trop petit, mais il était d'une force étonnante et elle était si faible. Elle n'arrivait pas à bout des sanglots, des cris continus. Elle le berçait pour l'étourdir, pour lui donner le vertige, pour l'endormir enfin à coups de Dodo l'enfant do, qui dans sa bouche n'était plus une berceuse mais une chanson de marche forcée.

Elle repensa à Jeff, à leur rencontre dans le

parking d'Aix. Il n'avait pas été hostile, seulement inquiet de sa sécurité. Et s'il la protégeait, comme il le disait, de quelqu'un d'autre qui la menaçait, ce quelqu'un qui aurait, lui, tué Tony ? Elle se disait qu'il savait quelque chose qu'il ne pouvait pas lui dire. Plus tôt elle le verrait, plus tôt il la rassurerait. Elle devenait folle.

Elle ouvrit la fenêtre qui donnait sur le jardin et appela : « Jeff, Jeff... » Il ne répondit pas. Il s'en était allé ou peut-être n'était-il jamais venu. Elle décida de s'enfuir.

— Encore ! dit la juge.

34

Il n'était plus question de partir, dans le garage la voiture avait les quatre pneus crevés. Elle se barricada. La porte d'entrée fermée à double tour, elle rabattit les volets et bloqua le pêne avec du fil de fer pour qu'ils ne puissent être forcés de l'extérieur. Voilà, dit-elle, je suis partie en voyage. Elle organisa sa survie et celle du bébé au premier étage, entre la buanderie et sa chambre. Mais la peur n'était pas restée dehors. Elle était entrée avec elle, elle la portait d'une pièce à l'autre et quand elle se couchait sur le lit elle l'accompagnait. Elle caressait ses pieds, immobilisait ses chevilles, montait légèrement le long des jambes, étreignait ses genoux, mordait doucement l'intérieur de ses cuisses et s'allongeait contre son ventre, qu'elle léchait d'une petite langue râpeuse et sèche. Cathy était continuellement glacée.

Au début elle faisait tiédir le biberon contre la semelle du fer puis elle donna au bébé le lait froid, la poudre se dissolvait mal dans l'eau du robinet. Comme il vomissait, elle préféra ne plus rien lui donner du tout. De temps en temps un peu d'eau froide sur le visage, dans la bouche. Dans l'obscurité, il sommeillait et ne réclamait plus à manger. Elle avait ce souci en moins. Dodo l'enfant do, l'enfant dormira bien vite, dodo l'enfant do, l'enfant s'était endormi.

Dehors on devait penser que la maison fermée était vide, qu'ils étaient tous à la montagne, qu'ils s'y requinquaient. Elle regardait à travers les volets la vie à l'extérieur quand on croit que vous êtes partie, la vie lorsque vous n'existez plus pour personne, la vie quand vous serez morte. Ce calme qui s'empare des choses que vous n'habitez plus. Une voiture se garait dans la rue. Les derniers vacanciers avaient découvert la plage entre les rochers et tentaient de se baigner. L'agave, sa grappe de cire blanche, le ciel très pur, la houle au loin. Personne ne s'arrêtait à la porte, personne ne sonnait. Jours fériés : le facteur n'apportait pas de courrier. Mais, lorsque la nuit tombait, l'homme et le chien faisaient leur ronde.

À force d'apparaître tous les soirs à la même heure, ils prirent la même irréalité que la peur qui l'enlaçait, la baisait à la bouche et couchait dans son lit. Elle aurait pu les présenter les uns aux autres et donner un dîner de fantômes. L'homme et le chien auraient eu des choses à dire à la peur, et la peur serait partie avec l'homme et le chien. En plus, je perds la tête, dit-elle.

En ouvrant les placards, elle trouva sa robe de mariée, la sortit de sa housse. Dans l'enchaînement des gestes, elle l'enfila. Elle la passa par le bas puis ajusta le bustier sur sa poitrine. Le plus difficile était d'attacher les boutons du dos, les agrafes du jupon et les petites perles du corsage. Elle commença par la taille en remontant, reprit par le cou en descendant. Il restait à la hauteur des omoplates une petite fente qui découvrait la peau, elle n'osait tirer de peur de déchirer le tissu si fragile. Mais la robe lui allait encore. Dix-huit ans après, son mariage était fichu mais la robe immaculée pouvait tenir encore cent ans, et quand on dit cent c'est qu'on n'ose pas dire mille... mille ans comme sur une momie. Fragilité extrême des corps, quelques centaines de grammes de cendres, fragilité extrême de la mémoire, aussi légère et friable que les corps.

À quoi sert d'être la gardienne de la mémoire des siens dans un monde sans mémoire qui veut tourner la page à chaque seconde, à quoi sert d'être respectueuse des choses et des êtres dans un monde sans respect, à quoi sert de conserver pour des héritiers qui ne veulent pas recevoir ?... Trois générations étaient passées par là pour se fixer en quelques objets, à une géographie des meubles, peut-être à une odeur et elle avait donné sa vie pour ça, une odeur de renfermé allégée par un parfum d'encaustique dont on pense à tort qu'il s'agit d'une senteur d'autrefois comme il est faux de croire que l'encens est l'odeur de Dieu. Toutes les vieilles maisons ont le même parfum et Dieu se présente chaque fois qu'on allume une bougie. Tout cela allait disparaître parce que cela avait déjà disparu, et qu'elle ne se le rappelait presque plus.

À rester gardienne des objets, elle perdait les êtres, à vouloir tout conserver, elle ne protégeait pas l'essentiel. Au bout de quelques années que lui restait-il du passé qui ne fût fixé par une photo ? Quelle expression d'un être cher était-elle certaine de se rappeler ? Tous les souvenirs des autres tenaient à l'enfance, son grand-père quand il l'enveloppait dans une couverture pour regarder la télévision les soirs d'hiver, sa grand-mère essoufflée qui montait les escaliers. Peut-être, se dit Cathy, est-ce parce qu'on n'existe pas encore qu'on laisse la place aux autres qui existent. Après l'enfance, plus rien, parce qu'il n'y avait plus qu'elle.

Et quand elle songeait à Tony, aux années passées ensemble, à l'amour qu'ils se portaient, il ne lui restait qu'une image qui revenait sans cesse. C'était au Sénégal, il venait de prendre un grand marlin. Il avait longtemps lutté depuis le pont du bateau de pêche et finalement il était allé le chercher sous l'eau, pour le hisser mètre après mètre à la surface. Il avait disparu et réapparu au fil de l'agonie du poisson. Il était épuisé. Et elle le photographiait sur le bateau, le poisson mort au bout de son bras tendu. Elle voyait ce que la photo ne montrait pas, la lumière qui dorait les yeux bruns de Tony, le forçant à cligner la paupière. Cette lueur fugitive éclairait son iris comme une flamme qui passait dans son œil. Et puis le tremblement de ses muscles tendus car il soulevait le poisson au-dessus de sa tête pour montrer sa taille. À bout de force, il lui avait demandé de se dépêcher. En appuyant sur le déclencheur, elle avait éteint la lumière du regard, immobilisé le corps. Photo de vacances dans l'album de famille. Visage décoloré sous le bandage blanc et corps rigide sur le plateau d'acier du tiroir de la morgue. Des images en noir et blanc.

35

Il était assis dans la cuisine, à la place qu'il avait l'habitude d'occuper, face à la cuisinière, pour observer tous ses gestes.

– Bon Dieu, comme tu es belle !

– Comment es-tu entré ? demanda-t-elle, calme, presque trop calme.

– Par la porte, répondit-il sur le même ton, comme si c'était une conversation de tous les jours. Les serrures n'ont pas de secret pour moi.

Ils se turent comme s'ils n'avaient rien à se dire. Le chien en bougeant sous la table les tira de leur stupeur.

– Il est là, lui ! fit Cathy.

– Où veux-tu que je le mette ? Je l'ai installé dans la cabane, je viens le nourrir tous les soirs.

– Je ne l'ai pas entendu, dit Cathy.

– Je lui colle du chatterton autour du museau.

Ils se turent encore, celui qui commencerait

à parler déclencherait la tempête. Lui, parce qu'il atteignait au bonheur. Cathy dans la cuisine avec sa robe de rêve, rien que pour lui, pour célébrer leurs noces. Elle, parce qu'elle était battue de fatigue et qu'elle avançait irréversiblement dans son cauchemar. Il lui revenait une parole de l'Évangile qu'elle n'avait jamais tout à fait comprise et qui s'éclairait ce soir-là, « jusqu'à la lie ». « Boire le calice jusqu'à la lie. »

– Il faut t'en débarrasser, dit-elle.

– M'en débarrasser !

Il se redressa, piqué.

– Oui, va le perdre dans les calanques, jette-le sur l'autoroute. Tue-le.

Elle disait cela d'une petite voix voilée, une voix qui n'avait pas parlé depuis trois jours, elle disait cela dans un souffle, mais ce souffle, il le sentit, était déterminé et il comprit que s'il ne tuait pas le chien elle trouverait l'énergie pour le faire. Il surveillait ses gestes. Elle avait appuyé ses mains sur le dossier d'une chaise et il vit que ses phalanges étaient blanches comme si, à la place d'un dossier de bois ciré, elle tenait le couteau qui égorgerait le chien.

– Je ne peux pas faire ça, dit-il.

– Tu ne peux pas faire ça !

Alors cela explosa.

Il ne pouvait pas se débarrasser d'un chien alors qu'il avait bousillé un homme !

Il avait tué Tony pour la protéger.

Elle ne lui avait rien demandé.

Bien sûr qu'elle le lui avait demandé.

– Je ne l'ai jamais dit.

Elle avait pleuré, crié, sa vie était un enfer, Tony l'humiliait, il la menaçait, il allait lui prendre ses enfants, vendre sa maison.

Non, elle allait divorcer, simplement divorcer. Il y avait des lois dans ce pays qui la protégeaient.

Alors pourquoi aurait-il tué Tony, quel intérêt avait-il à tuer un homme qu'il ne connaissait pas ?

– Tu as dit que si Tony disparaissait nous pourrions vivre ensemble.

– Je n'ai jamais dit cela. Je ne veux pas vivre avec toi.

– Je t'aime.

– Je ne t'aime pas.

– Alors pourquoi tu es habillée comme ça ? Hein, pourquoi tu as mis une robe de mariée ?

– Pour Tony, à cause de Tony.

– Je ne te crois pas, dit Jeff.

– J'aimais Tony.

– C'est trop simple, dit Jeff, tu m'envoies faire le sale boulot et puis après tu t'en laves les mains. Ni vu ni connu. C'est trop simple. Je t'aime, moi.

« Je t'aime », le gros mot était lâché. Voilà, il l'aimait, qu'est-ce que cela pouvait dire dans sa vilaine caboche, « aimer » ? Quel sens avait ce mot quand on pesait cent vingt kilos, avec une calvitie qui est la cicatrice à vif d'un scalp, des yeux marronnasses, une odeur à serrer le cœur ? Que pouvait être cet amour-là ? L'amour, c'était Tony, le corps jeune et beau. Hélas ! c'était le goût de sel sur la peau de Tony. L'amour ne pouvait venir que d'êtres semblables à Tony, pas Jeff ni le crapaud beige, ni tous les vieux, ni tous les laids, ni tous les moyens. Tony, seulement Tony.

Jeff déposait son amour à ses pieds comme une charogne. Et parce qu'il l'aimait, au nom de la sainte loi de l'amour qui protège ceux qui aiment, elle devrait supporter l'insupportable. L'amour était la grande excuse libératrice, la permission de faire n'importe quoi. Les amoureux ne s'étaient-ils jamais demandé comment leur déclaration d'amour pouvait passer pour une offense ? Il est parfois insultant d'être aimé. Et celui-là, se demandait Cathy, il m'aime pourquoi ? Elle ne pouvait pas se douter qu'il l'aimait parce qu'elle lui faisait penser à sa mère, ou plutôt à l'image idéale d'une mère qu'il n'avait pas connue. En quoi était-elle responsable de fixer un fantasme ? En quoi devait-elle y répondre ? Pourquoi devrait-elle mettre des gants pour lui dire que son amour la dégoûtait ? Pourquoi devait-on accepter au nom de l'amour l'insoutenable ? En quoi l'amour de l'autre lui donnait-il des droits sur vous ?

La situation était bloquée. On était le 1er novembre, il était 6 heures du soir, elle était enfermée en robe de mariée dans la cuisine avec l'assassin de son mari et son chien.

— Pourquoi n'avez-vous pas appelé la police ? demanda la juge.

Le téléphone avait sonné. Elle avait fait un geste pour décrocher. Ce geste rendit Jeff furieux. Il lui tordit le poignet et arracha les fils du téléphone. Qu'est-ce qu'elle croyait, qu'elle allait se débarrasser de lui en appelant au secours ? Comme si elle n'était pas dans l'affaire jusqu'au cou. Comme si les flics ne le savaient pas ? « Si je tombe, tu tombes, ils ne te louperont pas. » Comment croyait-elle qu'il se déplaçait à travers la ville si ce n'est avec la complicité de la police tout entière, de Palance à Paris et de Berlin à Tel-Aviv. Qu'elle fasse un geste, qu'elle dise seulement un mot, il le saurait et alors il lui ferait son affaire à elle aussi.

Soudain elle avait pensé à l'enfant en haut, suppliant le ciel qu'il ne se réveille pas, qu'il ne pleure pas, qu'il ne se rappelle pas au bon souvenir de Jeff occupé par le chien. Elle avait lentement reculé en lui faisant face et alors qu'elle prenait appui sur la porte, elle avait brusquement viré sur elle-même dans un gros encombrement de jupe et de jupons pour courir vers l'escalier.

Il avait eu beau jeu de la rattraper à plein bras, comme une gerbe de blé, comme un fagot de branches sèches, comme un ballot de tissu. Il l'avait plaquée contre son torse et lui criait des menaces. La maison était truffée de micros. Il appartenait à un ordre de la police qui commandait tous les autres, la cellule ultrasecrète qui le protégeait et lui avait donné l'ordre d'abattre Tony.

– Où que tu ailles tu me trouveras, tu ne pourras pas partir, tu auras à chaque minute de ta putain de vie un flic aux pattes. Tu vois, Cathy, c'est comme si on était mariés maintenant.

Et il l'embrassa comme les mariés s'embrassent après la bénédiction, à pleine bouche.

36

— Je ne lui ai rien fait, dit Jeff à son avocat. Je voulais seulement qu'elle me regarde.

Il cherchait du réconfort, de la tendresse. Il n'avait trouvé que froideur et mépris. Elle lui avait même demandé de se débarrasser du chien. Jeff pleurait. Parce que, quand il était petit, il avait eu un chien, une sorte de berger allemand, et, vu le délabrement de la famille, la mère toujours absente à courir on ne sait où, le père violent, alcoolique et submergé par les quatorze enfants, il dormait plus dans la niche que dans un lit. Un soir que les enfants se plaignaient d'avoir faim et de bouffer toujours des pâtes, leur père leur avait dit : « Vous voulez de la viande, vous allez en avoir. » Il avait pris sa hache et il avait ramené le chien, tué, dépouillé, débité sur la table de la cuisine comme un grand gibier. On mange bien de la biche, du chevreuil ou du sanglier.

À ceux qui pleuraient, il dit qu'ils étaient des fiottes.

— C'est-à-dire ? demanda la juge à la greffière.

— Des âmes sensibles, je crois.

C'était l'insulte préférée du père.

C'est ainsi que Jeff apprit qu'il avait une âme, c'est-à-dire une fiotte. Ce fut d'ailleurs la seule fois que la personne de Jeff rencontra le vocable. Il y a des mots qui vous collent à la peau, d'autres qui ne veulent absolument pas de vous, visiblement celui-là n'avait pas bien fonctionné avec lui. Lié à l'odeur du sang du chien répandu sur la table, ce n'était pas un mot avec lequel il faisait bon ménage. Et, s'il fallait un autre carnage pour le lui rappeler, il renonçait aux manifestations de cette fiotte qu'il possédait. Elle n'était pas revenue au moment de la mort de Tony, seulement la colère. Il avait une âme en colère.

L'avocat était bouleversé... Il pensait à l'effet de l'anecdote sur le jury. C'est trop, se dit-il, les jurés sont d'abord des spectateurs, des téléspectateurs, quelquefois des lecteurs, ils ont l'habitude d'être traités avec tact. On leur refile de la pornographie, mais jamais vulgaire, de la vulgarité, mais avec de l'humour, de la violence, mais bien écrite. Ils ne veulent pas être bouleversés, ni empoignés, ni torturés. Ils ne veulent pas être dévastés par l'histoire des autres, la vie des autres. Ils veulent se faire leur idée, entrer doucement dans l'intrigue, conduits par cette petite voix de l'opinion qui les dirige et les rassure à la fois. La traduction obsolète et littéraire des faits que propose la justice, son langage abscons qui habille la crudité des actes, la mise en scène de la salle d'audience, l'hermine des magistrats, les décorations pendantes, tout cela met du coton hydrophile dans les oreilles et du baume camphré sur les cœurs. Leur montrer un homme qui, enfant, avait été obligé de manger son chien les disposerait mal, non contre le bourreau qui avait tué et découpé le chien puis qui avait ouvert les mâchoires du petit garçon en les serrant comme celles d'un chien, justement pour lui mettre de force dedans un morceau de viande sanguinolent, « Tiens, bouffe Médor », mais contre l'homme qui avait fermé la bouche sur le morceau de viande pour le recracher dans un haut-le-cœur, et qui quarante ans plus tard se vengeait de son père en s'acharnant sur un homme comme son père s'était acharné sur le chien pour le lui faire bouffer.

Il avait essayé sur la juge ce début de plaidoirie. La scène primitive du chien qui explique tout. Elle l'avait arrêté.

— Elle est atroce, votre histoire. C'est un conte pour enfant dérangé, et puis vous savez que, venant de Jeff, ce ne peut être que de l'affabulation !

L'histoire, il la garderait donc pour lui. Mais il était moins sûr que la juge que ce fût une affabulation. Si dans toute cette instruction Jeff avait dit vrai, c'était lorsqu'il avait parlé de ce traumatisme d'enfant. La preuve, le chien du crime, ce chien que Jeff avait sauvé de l'euthanasie, ce chien qu'il avait traîné avec lui était un chien en morceaux mal recousu. Le chien du Bon Secours était né avec toutes les cicatrices du chien abattu. Il n'y a pas de hasard, pensa l'avocat, je dois défendre un colosse qui a grandi autour d'un tout petit garçon qu'il console avec du sucre et d'un chien coupé en morceaux dont il reconstitue de mémoire le puzzle. Tony était le mauvais père qui lui avait fait bouffer le chien et Cathy...

Pour ménager les jurés, il faudrait en rester au pauvre type aguiché par une salope perverse qui le manipule, lui promet des délices amoureuses, une vie stable, une maison et qui, le crime accompli, le renvoie à la rue, à la violence, au malheur, en s'en lavant les mains. Tout le monde dans sa vie a cru à des promesses qui n'ont jamais été tenues. Tous les hommes craignent de se faire posséder par une sirène. Toutes les femmes, pour paraître insoupçonnables, accableront cette femme du poids de leur vertu. Chacun s'y retrouvera. Pour sauver Jeff, se dit-il, il faut charger la mule. La mule, c'était Cathy.

37

— Avez-vous été violentée, oui ou non ? demanda la juge. Vous voyez bien qu'en l'absence de plaintes au moment des faits, en l'absence de tout constat médical, en l'absence de tout témoignage, je suis contrainte de vous poser la question.

Cathy ne savait pas, elle pensait que oui.

— Penser, vous devez bien savoir s'il vous a pénétrée, c'est une chose qu'une femme sait.

— Dans la cote 34, s'interposa l'avocat, elle déclare qu'elle a été violée.

— Oui, mais dans la cote 123, répliqua la juge, Jeff déclare n'être pas passé à l'acte.

L'avocat de Cathy pensait que si la juge avait été un homme il y aurait mis plus de pudeur, au moins une sorte de gêne masculine pour tout ce qui touche à ces affaires, une espèce de culpabilité collective au nom du sexe fort. La juge était brutale et elle n'était pas prête à entendre le viol. Son idée, c'était que ce jour-là Cathy en robe de mariée, dans une double transgression – profanation de son union avec Tony et mariage parodique avec Jeff –, payait l'assassin en nature pour le crime qu'elle avait commandité. Il fallait qu'il y ait eu, à un moment donné, une gratification pour le meurtre. Comme il n'y avait pas de trace de règlement en argent, il y avait forcément paiement en nature. Si cela ne s'était pas passé avant le crime, cela s'était passé après. Et ce ne pouvait être que le jour où l'un et l'autre avouaient s'être retrouvés à l'abri de tous les regards dans la maison de Cathy.

Elle était couchée sous lui. Elle ne se défendait pas. Ce qui lui faisait peur, c'étaient les yeux devant les siens, si agrandis et fixes qu'elle craignait qu'ils ne se désorbitent et ne se contorsionnent en cherchant l'eau, comme des poissons sur le carrelage. Il la pressait du ventre et de la poitrine, il l'écrasait et elle voulait que les yeux restent dans leurs trous, serrés par les paupières. Les vilains gros yeux qui pleuraient maintenant qu'il se dégageait et appelait le chien.

Elle entendit un bruit, un choc répété, quelqu'un frappait au carreau de la cuisine. C'était sa montre au poignet qui cognait spasmodiquement contre le sol. Tout son corps tremblait, secoué par de gros sanglots, ses dents claquaient comme si l'influx nerveux qui l'avait abandonnée pendant qu'il la brutalisait reprenait une possession anarchique de son corps avec la force et la vigueur dont elle aurait eu alors besoin pour se débattre, se défendre et fuir.

Elle monta l'escalier avec l'idée de prendre un bain, pour se laver, moins pour se laver d'ailleurs que pour disparaître au fond de la baignoire et laisser l'eau couler sur elle. Cela s'appelle s'engloutir, pensa l'avocat. En passant dans le couloir, elle entendit le souffle de l'enfant ou plutôt la respiration hachée du petit corps épuisé. Elle le prit dans ses bras, il hoqueta.

Elle plongea avec lui dans la baignoire sans prendre la peine de se déshabiller, comme ils étaient à ce moment-là. Elle avec sa robe déchirée, l'enfant dans ses langes. Elle mit l'enfant sur sa poitrine et ferma les yeux.

À cette évocation, comme si elle revivait la scène, Cathy fermait les yeux. Elle sentait l'enfant qui se débattait sur sa poitrine, et puis cet apaisement inoubliable du corps qui décroche, de la vie qui s'en va si doucement, si naturellement. Elle sentait le corps de l'enfant qui devenait de plus en plus léger, qui se séparait d'elle. Elle était une toute petite fille qui voit irrésistiblement disparaître le ballon qu'elle vient de lâcher. Cathy fermait les yeux et l'avocat regardait ses mains se crisper sur l'enfant qui était parti.

Cathy ne voyait plus la juge qui la regardait fixement, elle ne voyait plus le bureau de chêne blond et la pile des dossiers, la greffière qui se mordait la lèvre. Elle voyait quelque chose qu'elle n'avait pas vraiment vu.

Les femmes infanticides sont rares, elles plongent les esprits dans l'horreur. La mère infanticide jette le doute sur toutes les mères. On soupçonne sa propre mère et, l'ayant acquittée, on se soupçonne soi-même. Et puis pour s'innocenter de tous les crimes qui nous habitent à l'état larvaire, on renvoie cette femme à la folie et le crime à un accident.

Pour l'avocat de Cathy l'accident ne faisait aucun doute, le décès de l'enfant était survenu après des jours et des jours de harcèlement, où la jeune femme s'était débattue face à l'assassin de son mari sans pouvoir, traquée, espionnée, muselée, demander l'aide de personne. L'enfant était mort après des jours d'une hallucinante réclusion, après un viol où, dans un dernier geste inconscient et poignant à la fois, elle avait voulu le protéger de la violence de Jeff, en le gardant avec elle, sur son corps. Il n'était mort que parce qu'elle avait voulu mourir.

— Vous nous faites croire, dit la juge – elle se racla la gorge –, qu'il s'agit d'un accident, peut-être aussi des conséquences de votre prétendue séquestration. Vous vous offrez ainsi deux portes de sortie. Vous attendez que l'on vous dise ce qui sera pour vous le plus favorable. L'accident sûrement, à moins que l'assassinat du bébé, à cause d'un homme impliqué dans des crimes sur ses propres enfants, ne vous exonère totalement et de la mort de votre enfant et de la mort de votre mari. Tout nous laisse à penser au contraire que vous aviez programmé ce meurtre depuis le début. Il était en germe dans l'avortement que vous vouliez pratiquer, il était dans toutes les menaces que vous avez proférées devant votre mari, il était dans le choix que vous avez fait de Jeff comme nourrice. Il était dans chaque incident de la dernière semaine, l'abandon, les mauvais traitements et même les coups.

Et c'est la détermination odieuse que vous avez mise à en finir avec votre enfant qui accrédite l'idée que vous avez fait aussi tuer votre mari.

38

En prenant le train gare de Lyon, l'avocat de Cathy pensait que l'on revient sur les lieux que l'on a laissés pour les raisons mêmes qui nous les ont fait quitter. Il y avait derrière le fait divers un décor qu'il connaissait mieux que personne. L'escalier de la gare Saint-Charles, où l'on descend en triomphe entre les seins menus des statues coloniales, la roseraie de la fac de droit d'Aix, où l'on se donne rendez-vous. Il savait le goût des baisers qu'y échangent les étudiants et les larmes d'une fille déçue parce qu'on ne lui propose pas de faire sa vie avec elle. Et puis surtout il y avait Palance, où l'on va déjeuner le dimanche. L'ancien village de pêcheurs s'était démesurément étendu mais on y poursuivait un simulacre de bonheur de vivre. La petite friture qu'on commandait sur le front de mer, où les restaurants sont à touche-touche. La recherche d'un bout de plage où poser sa serviette, un rocher qu'il fallait prendre d'assaut et arracher aux propriétés privées qui en plongeant sur la mer avaient accaparé l'espace. Le train approchait. À cette époque, il restait au creux des rochers un peu de mer rousse que l'été avait oubliée. Il ne savait pas si la nostalgie qui lui serrait le cœur était due au regret d'avoir quitté tant de fausses douceurs ou à l'appréhension de les retrouver plus amères. Quand la porte du train s'ouvrit, au milieu des voyageurs qui se précipitaient il recula. Il connaissait la sensation qui s'emparait de lui à chaque tentative de retour, la nausée du seuil.

Il rencontra tout de suite la mère et le fils de Cathy. Il se rappelait cette dame bien mise, teinte de la pointe à la racine des cheveux d'un noir de jais et cet adolescent long, blond, presque angélique, que le drame avait dévitalisé. Entre les deux, une absence tragique, l'inculpée dont ils plaidaient la cause. Ils étaient aussi désemparés l'un que l'autre, se soutenaient l'un l'autre et se reprochaient ensemble de n'avoir pas su la protéger, voulant la sauver puisqu'ils n'avaient pu sauver les autres. Ils n'évoquaient pas les morts, en tout cas pas frontalement. Cathy était la seule victime. Ils ne comprenaient pas pourquoi elle était en prison alors qu'elle aurait dû être soignée à l'hôpital. Ils s'inquiétaient de la réputation de cette juge d'instruction que l'on disait sévère et déterminée, et se demandaient si le député qui les avait déjà envoyés vers lui ne pouvait encore intervenir. Ils ne disposaient d'aucun autre dossier que celui qu'ils avaient constitué avec des coupures de presse, des photos qu'ils étalaient devant lui comme les preuves, les gros titres le criaient, que le meurtre était une catastrophe et que la catastrophe était une tragédie.

Olivier avait pris à sa mère sa blondeur et sa retenue, en retour il lui offrait son innocence. Il y a dans les ressemblances un attrait fatal. Parce que Olivier était là, devant lui, pur et désemparé, sa mère était innocente. L'avocat en avait l'intime conviction, une intime conviction qui disait l'incapacité d'arriver à la vérité absolue mais qui jetait sur la justice une telle lumière qu'il était impossible d'y résister. Et parce que la vérité lui était apparue dans toute sa splendeur, il ne voulait plus la perdre. Il la retenait, la faisait durer, l'entretenait, littéralement aveuglé par une évidence qui n'était jamais qu'un retour sur lui. Le pire des narcissismes.

La première fois qu'il rencontra Cathy à l'infirmerie de la centrale, elle était assise sur son lit, non pas négligée comme la plupart des prévenues, mais vêtue avec soin, élégante et décalée. Elle portait une jupe plissée et cet ensemble de lainage que l'on appelait, à une certaine époque, un twin-set. Il s'émerveilla que ce mot qu'il n'avait jamais utilisé se soit formé dans son esprit pour désigner avec précision les deux pièces du mince lainage qu'elle portait. Il s'étonna que l'ensemble fût rose. Sur les épaules d'une meurtrière, infanticide présumée, la couleur avait quelque chose de provocant – à quoi l'esprit est-il occupé dans le saisissement du premier regard ! – puis il observa que le rose qu'elle portait était flétri par une nuance de gris-violet qui l'éteignait et le portait vers le lilas, cette couleur ancienne du deuil.

Ses collaborateurs qui le connaissaient bien avaient attribué son engagement dans ce fait divers provincial à ce besoin de reconnaissance locale auquel tout être ayant réussi ailleurs aspire plus que tout. Le coup de fil du député avait été, dans ce contexte, irrésistible. On avait besoin de lui à Palance ! Il allait plaider à Aix ! Mais sa femme, qui le connaissait mieux encore, ne tenait pas pour négligeable la fascination qu'exerçait sur lui une actrice à laquelle Cathy ressemblait beaucoup. Il est même certain que l'avocat attribua à Cathy par glissement les traits de caractère qui n'appartenaient qu'à l'actrice. Cathy était non pas mystérieuse comme son double mais silencieuse, pas froide mais mélancolique, pas secrète mais renfermée. Prononcer le nom de cette comédienne si malléable aux désirs des metteurs en scène – l'art même de se plier entre toutes les mains – et si peu réductible à leurs films, c'était disperser l'image de Cathy dans une multitude de figures, de l'innocence à la perversité, pour mieux la figer dans celle de Médée, que l'actrice avait incarnée. Le corps des enfants comme dernière vengeance. L'ultime douleur que l'on s'impose à soi pour mieux frapper l'autre.

39

La femme qui est assise sur le lit de fer en face de lui n'a pas de beauté et n'a plus d'âge. Elle est ravagée de chagrin, anéantie. Elle sort son mouchoir de la manche de son cardigan, elle le plie, le roule, le mâchonne. Quand l'avocat s'avance vers elle, elle ne lui saute pas au cou, elle ne le supplie pas de la sauver. Elle ne parle pas, ne le regarde pas. Elle n'est pas prête à se défendre, elle n'a pas d'histoire à raconter, elle n'a même pas sa propre version des faits. Elle a été arrêtée, interrogée, écrouée. Elle a vu des policiers, un commissaire, tous l'ont accusée. Elle n'attend rien de son avocat.

– Vous savez pourquoi vous êtes ici ?

Elle dit non.

– On vous a dit pourquoi vous étiez ici ?

Elle dit oui.

Il pensait que l'on accusait souvent les avocats d'oublier les victimes en faisant passer les coupables pour seules victimes. C'est que les avocats ne voyaient jamais la victime, toujours le coupable, mais dans un tel état de désespoir, d'incohérence, de fragilité qu'il était forcément victime. Il avait en face de lui une femme dévastée, à bout de force, qui n'entendait rien, plongée dans un cauchemar qu'elle vivait les yeux ouverts. Il fallait d'abord l'apprivoiser, la ramener doucement à la réalité, lui faire quitter le cauchemar pour appréhender une vérité aussi cruelle que celle dont elle rêvait mais logique. Donner du sens. Le crime est un non-sens, il l'avait toujours pensé. Ce sont les fous qui passent à l'acte. La justice était faite pour donner du sens, non dans les méandres d'une analyse mais immédiatement, catégoriquement. Quelque chose comme non ou oui, bien ou mal, quelque chose de simple que tout le monde puisse entendre, victime ou coupable.

Le point de désespoir de Cathy était tel qu'il regrettait qu'on ne l'ait pas laissée où elle était, qu'on l'ait réanimée pour lui faire prendre conscience d'une situation qu'elle n'aurait jamais dû connaître. Chacun a droit à sa mort et le criminel n'y a pas moins droit que les autres. Vouloir en finir après avoir tué montre à quel point l'assassin ne se dissocie pas de sa victime, il fait corps avec elle et le crime n'est que le premier acte de la programmation de sa propre mort... S'il avait été médecin, l'avocat lui aurait au moins prescrit une longue cure de sommeil, pour prendre rendez-vous à son réveil. Et là il lui aurait dit ce qu'il était maintenant tenu de lui dire :

– On vous accuse de complicité dans l'assassinat de votre mari. On vous accuse d'avoir organisé le meurtre. On vous accuse d'avoir manipulé Jeff pour qu'il tue Tony. On vous accuse de l'avoir séduit pour arriver à vos fins. On vous accuse d'avoir... tué votre bébé.

À chaque affirmation, elle fait non de la tête.

Et vraiment cette jeune femme qui est assise devant lui n'est pas une coupable, ni le cerveau du crime, ni une manipulatrice, ni une séductrice. Elle est une victime, il en a la conviction. Il lui demande de raconter. Elle ne peut pas, elle ne sait pas. C'est une histoire beaucoup trop dure pour elle. Alors il l'aide.

– Vous êtes mariée depuis dix-huit ans avec Tony, vous l'aimez. Votre mariage est heureux et vous décidez d'avoir un second enfant.

Elle fait oui de la tête.

– Ce n'est pas une grossesse accidentelle. Vous attendez cette maternité, vous allez plusieurs fois consulter. Vous désirez que tout se passe bien, vous parlez de faire, lorsque vous serez enceinte, une amniocentèse. Vous voulez un enfant en parfaite santé.

Elle fait oui de la tête.

– C'est pendant votre grossesse que vous apprenez que l'enfant dont vient d'accoucher

Malou est celui de votre mari. C'est Franck, le mari de Malou qui, très en colère, répand la nouvelle et fait scandale. Devant cette révélation, Tony vous quitte et va vivre avec Malou et leur enfant. Vous entreprenez des démarches, Planning familial, clinique, médecins, pourquoi ?

– Il n'y avait plus d'amour, il n'y avait plus d'enfant.

– Mais vous n'avortez pas !

Elle n'avorte pas parce qu'elle n'a pas la force de toute cette violence. Mais il est vrai que sans le bébé elle aurait mieux supporté l'abandon de Tony, le divorce aurait été plus simple. Il avait fallu que Tony reconnaisse l'enfant et qu'ils partagent encore cette proximité charnelle. Ils avaient dû se voir non pour régler une affaire classée mais pour parler de l'avenir.

– Vous le haïssez ?

Elle ne peut pas le dire, mais elle est désespérée devant tout ce gâchis. Le sort d'Olivier l'inquiète. La situation au bureau l'humilie. Elle est la seule à ne pas avoir vu venir la catastrophe. Elle en veut plus à Malou qu'à Tony. Elle en veut aussi à Franck, qui n'a pas su garder Malou. Elle en veut à sa mère, qui n'a pas voulu l'écouter, qui ne l'a pas aidée. Tony était certainement plus victime que coupable, Malou l'avait embobiné.

– C'est pour cela qu'après la naissance du

bébé vous vous réfugiez auprès de Lili et de Jeff ?

Ils l'accueillent, l'entourent de gentillesse et, n'ayant pas d'enfant, sont les seuls à aimer le bébé, à lui proposer de le garder.

– Très vite c'est Jeff qui dans le couple s'occupe de vous ?

40

Lili ne pouvait quitter la casse où elle travaillait alors que Jeff était plus libre de ses mouvements. Ils se sont surtout vus lorsque Jeff faisait des travaux dans la maison.

– Que savait-elle de Jeff à l'époque ?

Ce qu'il disait. Une vie d'action. La gendarmerie d'élite. Kolwezi, les blessures au combat, la plaque de fer sur le crâne qui avait empêché ses cheveux de repousser sur le dessus de sa tête. La pension d'invalidité qui lui permettait de vivoter. Et aussi sa vie de malheur, sa femme et ses trois enfants tués dans un accident de voiture. Enfin la caution de Lili, qui n'aurait jamais vécu avec un type douteux. Lili aimait Jeff, ils allaient bien ensemble. Ils voulaient se marier, avoir des enfants et partir pour Israël. Elle s'en était voulu au début de ne pas aimer Jeff aussi fort qu'elle aimait Lili, de n'avoir pas pour lui cet élan de confiance qu'elle avait pour elle et de ne revenir à lui qu'en passant par Lili. C'était, croyait-elle, en partie à cause de son physique, son obésité qui la dégoûtait, sa calvitie qui lui répugnait et surtout ses yeux, ses gros yeux, ses énormes yeux d'un beige sale comme une flaque d'eau croupie, ses yeux sans regard, ses yeux perpétuellement fixes et opaques...

– Mais lui vous aimait.

Non, il la collait. Avant le meurtre, il ne lui avait jamais parlé d'amour, seulement de sa maison, des animaux, de la mer, des enfants. Il s'arrangeait pour entrer dans ce qu'elle aimait. Il s'y faisait une toute petite place, comme le ver dans le bois. À la fin, il était partout, il avait envahi tous les détails heureux de sa vie, ceux que Tony menaçait.

Après le meurtre, quand elle avait compris que c'était lui qui avait tué Tony, elle avait été sonnée. Il y avait loin entre l'explication entre hommes qu'il projetait d'avoir avec Tony pour qu'il la laisse tranquille et le massacre qu'il avait perpétré et organisé. Pas une discussion à visage découvert et à mains nues qui tourne mal mais un véritable assassinat avec filature, repérage, camouflage, cagoule, fusil. Une horreur – elle cachait son visage entre ses mains – et l'horreur, elle avait dû la subir des semaines. Il la filait comme il avait filé Tony. Il surgissait, menaçant, devant elle, où qu'elle soit. Sa maison truffée de micros. Sa présence la nuit dans le jardin avec son chien, qu'il cachait dans la cabane. Les pneus de sa voiture crevés pour qu'elle ne puisse pas s'échapper. Sans compter le grand soir où il l'avait menacée de lui mettre le crime sur le dos, sauf si...

– ... vous vous donniez à lui ?

Il ne voulait pas l'aimer comme un homme aime une femme. Quand il l'avait prise dans ses bras, il avait mimé l'amour. Il l'avait écrasée de tout son poids, avec une force à l'écharper, mais sans désir et sans plaisir. Il voulait plus entrer dans sa tête que dans son corps. Il voulait la posséder entièrement, comme un affamé qui sait déjà que rien ne le rassasiera. Il l'embrassait comme on dévore, mais elle ne lui suffisait pas. Quoi qu'elle fasse, elle ne lui suffirait jamais.

Il était fou mais pas d'amour, fou de violence et de chagrin. Le meurtre de Tony avait réveillé de vieux fantômes et l'homme qui la tourmentait en entrant chez elle, en la guettant dans la rue, en la surveillant au parc, en l'appelant silencieusement au téléphone, était non pas un homme amoureux, mais un homme traqué qui traquait à son tour, un désastre vivant qui ne pouvait qu'imaginer ou engendrer le désastre, un criminel en cavale que plus rien ni personne n'attachait. Si, à la réflexion, il tenait à son chien et il n'avait d'autre souci que de mettre le chien à l'abri.

– Moi, Cathy, il s'en moquait bien. À la

minute où je lui ai demandé de se débarrasser du chien, il a cessé de m'aimer s'il m'a aimée un jour. Et je suis devenue l'ennemie à abattre. D'ailleurs l'idée de me nuire était plus forte que celle de m'aimer. Il a toujours eu en tête le projet de me tuer. Il a commencé par Tony, il voulait finir par moi pour prendre le bébé. Ce type voulait me supprimer pour voler l'enfant, lui faire subir Dieu sait quoi !

Et baissant le ton, presque inaudible, elle dit qu'elle préférait l'enfant mort qu'entre les mains de Jeff... L'avocat fit comme s'il n'avait pas entendu.

– Quand après son arrestation j'ai appris qui était Jeff, la prison, les enfants maltraités, sa vie de galère, je ne peux pas dire que j'ai eu des frissons rétrospectifs, parce que toute cette horreur, je l'avais vécue amplifiée après le meurtre de Tony lorsqu'en me menaçant il m'a empêchée d'aller trouver Lili, de me mettre sous la protection de la police, de fuir tout simplement. J'ai pleuré, j'ai crié, j'ai appelé au secours, croyez-moi. J'ai eu peur de lui dès le premier jour. Ce bonhomme, c'était un détraqué.

À le voir se dépêtrer avec les fils électriques, c'est sûr, il avait le cerveau brouillé. De cette énorme incapacité à réparer, à s'y retrouver, il allait naître un court-circuit, un énorme incendie, une catastrophe.

41

Lili avait l'habitude de voir les flics dans sa casse. C'est là qu'ils cherchaient en priorité les voitures volées. Elle leur signalait les derniers arrivages, les voitures les plus neuves qui attendaient d'être désossées avant d'être broyées. Ce n'étaient pas les mêmes flics que d'habitude, plus nerveux, plus affairés. En lui parlant, ils regardaient autour d'elle comme s'ils cherchaient quelqu'un. Ils lui mirent le portrait-robot du chien sous le nez. Il ne fallait pas être très physionomiste pour reconnaître le chien de Jeff, mais en plus féroce, l'œil plus fixe et la langue pendante.

– C'est le chien de mon mari.

Voilà, l'interrogatoire avait commencé.

Et c'est qui, votre mari ? C'est votre compagnon, c'est donc pas votre mari. Et le chien, où il est ? En fugue, votre mari le cherche. Et il a disparu quand, le chien ? Votre mari, lui, n'a pas disparu. Il rentre tous les soirs. Et le 11 octobre, il a dormi ici aussi ? Et quand vous vous êtes réveillée, il était là ? Il vous a apporté votre café au lit, le 12, vous êtes sûre ? À 8 h 30. Vous vous réveillez tard, dites donc !

Le 12 octobre, à 8 h 30, Jeff lui avait porté son café au lit. C'était son luxe à elle, le café au lit. Son luxe dans ce mobile home, dans la casse où les nuits étaient agitées. Les Gitans venaient souvent se servir. Elle ou Jeff prenait le fusil, sortait et tirait en l'air, le chien se mettait à hurler et les types fuyaient. Alors un café noir au lit à 8 h 30, ce n'était pas aussi étonnant qu'ils avaient l'air de le dire.

Et l'interrogatoire continuait.

– Il est où, le fusil ?

– Il est là. Tiens, il y est pas, c'est qu'on l'a pas rangé.

– Qui ça « on », vous ou lui ?

Lui. Parce que depuis qu'il est là elle tire moins souvent en l'air.

– C'est une vie de femme, ça ?

Elle ne sait pas, c'est sa vie, elle aime bien.

– Et le chien, il a disparu quand ? Il était là, le 12 ?

Oui, il était là, il voulait monter sur le lit et elle ne l'a pas laissé, elle a dit à Jeff de l'attacher dehors mais Jeff n'a pas voulu, alors le chien s'est enfui. Depuis il ne fait que ça, chercher le chien. S'il n'est pas là ce matin, c'est qu'il est encore après lui.

À elle de poser des questions maintenant. Vous l'avez retrouvé ? Qu'est-ce qu'il a fait ? On parle en ce moment des chiens errants qui ravagent La Crau, des troupeaux de brebis décimés. Elle est contente que le chien soit retrouvé mais elle craint une superconnerie, la moitié d'un troupeau à payer, cinq cents balles par bête. Elle dit :

– C'est un chien abandonné, un chien malheureux et maltraité que Jeff a sauvé de l'euthanasie. Mais il ne sait pas garder...

Ils la laissent dire. Ils ont l'esprit ailleurs. Ils ont repéré des voitures entières au fond de la casse.

– Elle a quoi, en ce moment ?

– De tout. Des grosses, des petites, un fourgon...

– En petites voitures ?

– Oh ! une Polo, une Twingo, une Panda, une Clio, une Fiat Uno.

– Une Fiat Uno ? Elle est de quelle couleur ?

– Blanche.

– On peut la voir ?

Bien sûr. Elle cherche sur le tableau la clé. Pas de clé.

– Alors vous ne trouvez pas ça un peu fort, vous ? Pas de fusil, pas de chien, pas de Jeff, pas de clé et bien sûr pas de voiture !

Si l'innocence a un visage, c'est celui de cette suspecte qui accumule les indices et n'a rien à dire pour sa défense. Pas de Jeff, pas de chien, pas de voiture. Elle fait un geste d'impuissance. Elle essaie de trouver un lien entre tout ça. Le chien a fui, Jeff le cherche, il le cherche avec le fusil, il a pris la Fiat Uno.

Ils la regardent entre irritation et commisération, comme si elle se fichait d'eux, comme si elle allait leur faire avaler cette histoire : « Allez, madame la grosse dormeuse, sautez dans un jogging, vous allez tout raconter au commissaire. » Elle fait comme ils disent, elle attache ses cheveux avec une barrette et enfile un pull, c'est un pull à Jeff, ça la rassure. Elle griffonne un mot pour le carrossier qui doit venir : « Je suis au commissariat. » Trois policiers l'emmènent, six autres restent sur place, ils vont attendre Jeff.

Lili n'est pas inquiète encore. Jeff est de la partie, il connaît ces gens-là, il est en contact permanent avec eux, il les voit toutes les semaines. Elle dit : « Il est gendarme comme vous. » Ils répondent que eux, ils sont de la police. Elle ne fait pas la différence entre la gendarmerie et la police. On lui met les points sur les *i*. La police, c'est l'intérieur ; la gendarmerie, c'est l'armée. Pendant ce temps, elle ne les interroge pas sur les méfaits du chien. Elle est sûre que c'est une histoire de brebis ou, pire, un accident sur l'autoroute, elle voit le chien effrayé zigzaguant entre les voitures, les voitures qui freinent en hurlant et qui s'encastrent les unes dans les autres. Que Jeff revienne, qu'ils affrontent ensemble la catastrophe parce que, elle y pense, elle ne serait pas dans une voiture de police si ce n'était pas grave. Le chien a mordu un enfant au visage, il l'a tué.

Au commissariat, le commissaire lui-même la met au courant. Le chien était dans la voiture qui a servi à l'assassinat de Tony le matin du 12 octobre. Elle ne peut pas le croire.

Le commissaire la ramène sur terre. Elle connaît le chien, elle connaît la voiture, est-ce qu'elle connaît aussi la victime ?

Bien sûr, c'était Tony, l'ex-mari de Cathy. Elle ne connaît que lui et depuis de longues années en plus. Elle ne fait pas le lien entre le chien, la voiture et Tony. Son visage rond et blanc n'est pas apeuré, seulement étonné, stupéfait. « Elle est estomaquée », commente le commissaire.

Elle a un passage à vide. Elle ne cherche pas l'inconnue de l'équation. Il y a un trou qu'elle ne comble pas. Le commissaire la met sur la piste :

– Où était votre compagnon le 12 à 7 h 45 ?

Avec elle. Voilà, il y a eu du ramdam toute la nuit dans la casse. Le chien n'a pas cessé de hurler. Très tôt le matin, vers 6 ou 7 heures, Jeff l'a mis dans la caravane pour le calmer. Elle n'a pas voulu qu'il monte sur le lit. Elle s'est rendormie. Jeff l'a réveillée plus tard en lui apportant son café. Il lui a dit que le chien avait fugué et qu'il partait le chercher. Il a fait tous les refuges. Le chien n'est pas tatoué, il a peur qu'on le lui tue.

Si elle avait su, elle l'aurait laissé monter sur le lit.

– Il est gentil, dit-elle, c'est seulement qu'il est fou parce qu'il a été maltraité.

42

Après l'interpellation de Lili, l'arrestation de Jeff fut de la rigolade. Elle permit au commissaire une plaisanterie qu'il affectionnait. À savoir qu'en matière d'élucidation criminelle, ce n'est pas la police qui est intelligente mais les malfaiteurs qui ne le sont pas. Jeff se prit tout seul dans la nasse. Il arriva dans la casse à l'heure de la soupe, en bon travailleur, en bon père de famille. Il était au volant de la Fiat Uno blanche. Il faisait corps avec la voiture, qu'il remplissait comme une tortue sa carapace. Les policiers n'en croyaient pas leurs yeux. Tout à la recherche du chien, ils avaient négligé la voiture. Jeff circulait à leur barbe dans une pièce à conviction vivante. Il ne l'avait pas cachée, ni réduite en boule, il ne l'avait pas balancée des hauteurs des falaises de Cassis comme l'aurait fait le plus amateur des malfrats. Devant les flics figés de stupeur, il s'étonna de l'absence de Lili.

Ce fut le signal de la ruée, pendant que des

policiers le braquaient, la police scientifique isolait la voiture pour l'examiner. C'était une voiture bavarde, elle gardait les traces du fusil et du chien. Elle était riche en fragments de tissu, en poils, en traces de poudre. Il y avait encore du cirage noir sur les plaques minéralogiques. Et surtout, dans la boîte à gants, ils trouvèrent la pièce à conviction qui devait prouver que le meurtre avait été pensé, programmé et peut-être commandité, la photo de la victime, cette photo que la juge avait maintenant dans les mains.

Tony était au Sénégal sur le pont d'un bateau. Déhanché il tenait par un crochet un marlin. Il avait l'air heureux, il présentait sa prise à l'objectif, fier qu'elle fût plus grande que lui. Il était aussi fin et musclé que le marlin était lisse et fort. Ils étaient aussi beaux l'un que l'autre, la silhouette et la musculature parfaites. Ce n'avait pas été une pêche ordinaire mais un véritable corps à corps où les peaux avaient glissé l'une contre l'autre. L'homme essayant d'étreindre le poisson, le poisson filant entre ses bras et ses jambes pour revenir droit sur lui le menacer de son rostre. L'homme l'esquivant et puis de nouveau le saisissant à la base du nez, le contraignant à se tourner vers lui. L'homme et le poisson collés par le ventre. Le poisson entraînant l'homme vers le fond, l'homme hissant le poisson à la surface.

Tony aimait raconter comme il avait pris le dessus, la lutte dans laquelle ils s'étaient étreints. Il allait mourir quand le poisson avait cédé, lui accordant la victoire à la toute fin d'une expiration mortelle. Il avait ramené le monstre dont il ne pouvait se déprendre. Son corps palpitait encore des convulsions du poisson. Il avait pour lui une reconnaissance infinie. Il regrettait que le poisson fût mort, il ne pouvait plus lui rendre la liberté.

Ce qu'il montrait à l'objectif c'était non pas le poisson dans la fureur et la beauté du combat mais une grosse prise. Il y avait du regret dans le regard de Tony et peut-être se sentait-il ridicule à faire ce geste de triomphe, comme les chasseurs de lions, le pied posé sur la dépouille qu'ils insultent. Comme les chasseurs de gorilles, qui mettent entre les lèvres du cadavre la cigarette qu'ils viennent d'allumer : « Fume, c'est du belge. » Le langage de la victoire qui n'est que le langage de la profanation des morts. Pauvres types !

Pourquoi, se demandait l'avocat de Jeff en examinant la photo, cette attitude démodée et ringarde chez un homme de cette génération ? Cette pose d'ivrogne au comptoir exagérant de bière en bière la taille d'une truite sauvage. Et le jeune avocat se souvenait, lors d'un voyage en Arménie, le pays de sa mère, du geste fantomatique d'hommes qui semblaient, les bras tendus, danser sur le bord de la route. Une danse sacrée. Le chauffeur du taxi lui avait expliqué qu'il s'agissait de braconniers qui indiquaient la taille du prince du lac Sevan, le poisson protégé, qu'ils avaient caché dans un buisson. Tony était un de ces pêcheurs fantômes de poissons sacrés, le même geste, mais en hauteur pour braver la mort interdite.

— Que penser, dit la juge, d'une femme qui choisit cette photo dans l'album de famille pour la donner au tueur qui va exécuter un contrat ? Pas une photo d'identité. Pas une photo de mariage coupée en deux, non, cette photo où l'homme était nu pour offrir son corps au déchaînement de la violence, le ventre, la poitrine, le cou... Le tueur n'était pas pris au dépourvu, il savait tout du corps qu'il allait massacrer. Elle aurait pu tout autant lui donner une planche anatomique en lui désignant les endroits vitaux. Que comptait la tête dans l'ensemble, en proportion, cette tête que le tueur devait reconnaître, un visage déformé par un rictus, les cheveux collés, les yeux fermés par le soleil couchant ? Ce que cette femme voulait, c'est qu'on tue cette vie qui l'exaspérait, qu'on anéantisse ce plaisir d'exister, cette joie du corps dont elle était exclue.

Si c'était Cathy qui avait donné la photo, la volonté de massacre était aussi évidente que son caractère mortifère. C'était plus qu'un contrat, une punition, une vengeance.

— Et si, répliqua l'avocat de Cathy, l'adolescent dont on avait retrouvé les empreintes dans la voiture qu'il avait conduite sur le parking du supermarché et sur la photo qu'il avait manipulée, si ce fils de quinze ans fier de son père avait apporté de son propre chef cette photo à Jeff ? S'il l'avait détachée lui-même de l'album pour opposer à toutes ses rodomontades la figure d'un vrai héros ? Son père ne faisait pas la guerre tout caparaçonné, kalachnikov au côté, il risquait gratuitement sa vie en allant chercher dans l'eau le poisson dangereux et puissant qu'il avait longuement traqué pour le ramener dans un corps à corps mortel. Si, de mercredi en mercredi, Olivier avait, lui, deviné que, prisonnier de son corps obèse, Jeff était un héros de bazar juste bon à impressionner ceux qui n'écoutaient pas et ne voyaient pas ?

— Mais Jeff a toujours prétendu avoir choisi lui-même la photo, intervint le policier, il l'avait prise dans l'album de famille.

— Pourquoi celle-ci ? demanda la juge. Il y en avait d'autres où Tony était plus identifiable. Le jour du trophée du meilleur vendeur de la saison, costume cravate et coupe enrubannée. La victoire du tour de Corse en vtt, un pied à terre sur son vélo. Plus tous ces instantanés que Cathy avait volés pour fixer le sourire, le geste de l'homme qu'elle aimait. Disparaissant, elle, de l'album de famille pour lui laisser toute la place.

— Je pense que c'est à cause du poisson, répondit l'avocat de Jeff, peut-être à cause de ces histoires d'animaux que je vous ai racontées.

Le poisson mort avait rallumé l'animosité de Jeff. Dans l'auto, pour s'encourager à passer à l'action, il regardait passionnément cette photo. Il attendait que Tony sorte de l'immeuble, et toute son attention se fixait sur le poisson. Ces yeux, gros comme des balles de golf, qui avaient tourné dans les orbites, et cette grande poche qui lui sortait de la bouche et qui dégoulinait sur son ventre blanc et lisse. Il savait que quand ils sont pris ces grands poissons vomissent leur estomac pour rendre l'hameçon qu'ils ont avalé et qu'ils sont ramenés contre le courant, les entrailles déchirées, puis soulevés et suspendus en l'air par leur estomac. Tony était fier de sa prise et il n'avait pas l'air de se rendre compte des souffrances ignobles qu'il avait infligées au marlin.

« Salopard, avait crié Jeff en assassinant Tony. Brute. Connard. Connard. Connard. » Tous les témoins avaient entendu les insultes. Elles ne s'adressaient pas au mari de Cathy mais au bourreau du poisson.

43

Lili n'avait pas vu. Elle n'avait pas su voir. Elle n'avait pas voulu voir. Jusqu'au dernier moment, elle avait refusé que le moindre doute n'entamât sa confiance en Jeff et en Cathy. Elle disait non, elle disait qu'ils se trompaient tous, qu'ils n'y comprenaient rien, que ce n'était pas possible. Les concordances dans l'emploi du temps de Cathy et de Jeff, le minutage et la provenance des appels téléphoniques, rien ne la troublait. Il fallut les aveux de Jeff et qu'elle entende de sa bouche qu'il avait tué par amour pour que la vérité la poignarde.

Le commissaire se souviendrait toujours de ce large visage où ne circulait que la bonté, cette bonne humeur inaltérable, cette légèreté pour une personne si lourde, quand il fut traversé d'une lumière rouge qui l'illumina, puis d'une lueur blafarde qui le décolora, lui laissant, comme sur la figure d'un clown, le nez et les oreilles rouges. Une caricature, une tête grotesque qui prêtait à rire et qui disait le plus violent chagrin du monde. Dans les pleurs, les sanglots, les hoquets, elle parla.

Depuis l'enfance, elle vouait un amour fou à Cathy. Elle s'était rendue indispensable et la famille de Cathy l'avait adoptée comme un chiot ou un chaton pour amuser leur petite chérie toujours si solitaire. Elle avait commencé par la raccompagner chez elle, franchir le portail et entrer dans la maison. Comme elle venait dîner, on lui demanda si l'on devait prévenir ses parents. « Ils sont en voyage », avait répondu Lili. Alors on lui dit de rester dormir. Elle prit ses habitudes dans la maison de la plage. Ce n'était plus sa présence qui étonnait mais son absence. Où donc est passée Lili ? Chez elle, dans la roulotte ou la caravane de son père. Mais personne ne chercha à le savoir puisqu'elle reparaissait toujours. Et elle vécut sous la protection de celle qu'elle protégeait comme ces plantes saprophytes dont on se demande où elles trouvent l'eau et la nourriture et dont on se convainc qu'elles ne vivent que de l'air du temps.

À chaque rentrée, la même angoisse. Seraitelle dans la classe de Cathy ? Craintes absurdes puisque, leurs noms de famille commençant par la même lettre, elles étaient dans le même groupe. Même lycée, même langue vivante, même sport, Lili suivait Cathy, et n'eut jamais de désir personnel qui ne fût celui de Cathy et qui ne se justifiât parce qu'il émanait de Cathy.

Rien d'autoritaire cependant chez Cathy, qui suivait le cours normal de la vie que lui avaient tracée ses parents, son milieu, son quartier. Peut-être Lili eut-elle dans son sillage une vie inespérée, une régularité dans ses études, des options scolaires qu'elle n'aurait pas choisies autrement. Tout le temps de l'enfance, rien ne filtra de sa vie réelle. L'indifférence avait tissé autour d'elle un cocon douillet que personne ne songea jamais à déchirer.

Elle appréhendait pourtant la longueur des vacances, surtout à Palance, surtout à la mer. La blancheur de Cathy, qui ne pouvait se mettre trop au soleil, les épargna, comme sa maigreur frileuse, qui l'empêchait de rester longtemps dans l'eau. Sur les rochers devant la maison, Lili attendait Cathy la serviette à la main et l'en recouvrait aussitôt pour l'ôter à la vue des autres. Rien n'était plus voluptueux que de refermer sur elles le petit portillon de bois bleu qui donnait sur la plage et d'interdire aux curieux l'accès à la maison. Elles s'enfermaient à l'ombre dans la cabane de bois que l'on nommait à l'époque la maison des poupées pour jouer à la maîtresse.

La santé de Cathy exigeait des étés à la montagne et, sur un sentier bordé d'églantiers entre Molanès et Pra-Loup, Lili savourait d'avoir sous un ciel sans nuages Cathy pour elle seule. Elles s'abîmaient alors dans des occupations minuscules. Elles comptaient les points sur le dos des coccinelles : nombre pair tu es une bête à bon point, nombre impair tu es une bête à chagrin. Elles confectionnaient des colliers de perles que Cathy enfilait et Lili se rappelait comment elle proposait les perles dans la paume de sa main tendue. Moment parfait. Intimité absolue. Sécurité infinie, mieux que la main dans la main, mieux que le bras autour de la taille, mieux que la coiffer ou l'essuyer, mieux que manger dans son assiette, le picorement de ses doigts dans sa main marquait, avec la régularité d'une horloge, perle après perle, l'éternité.

Mêmes vacances, mêmes garçons, même bal des pompiers, même bac, même train pour la même fac. Et là, tout s'arrêta. Lili tournoya un moment comme un insecte dans la lumière. Sans Cathy, elle n'était plus rien. Pendant un trimestre, dans les couloirs de la fac de droit, elle s'épuisa à retrouver Cathy dans la foule qui les séparait, dans des emplois du temps qui l'égaraient. Elle était comme un enfant perdu sur la plage qui cherche ses parents du côté d'un soleil qui l'éblouit. Elle attendait Cathy devant une salle alors qu'elle était dans une autre, manœuvrait pour la rejoindre dans un amphi comble et, quand elle l'avait aperçue, le temps de traverser la foule, elle la perdait parce qu'elle était déjà sortie. Enfin la course pour attraper le train qu'elle ne prenait pas épuisait le reste du temps.

Lili ne savait pas ce qu'elle faisait là. Elle aurait eu du mal à énoncer les cours qu'elle devait suivre et surtout elle ne savait pas du tout, en dehors de se procurer la présence de Cathy, à quoi ces études la conduisaient. Elle sombra dans le néant un jour de partiel où elle n'arriva pas à déchiffrer le sujet. Elle devait dans la case prévue à cet effet indiquer son prénom, son nom, sa date de naissance. Elle ne les connaissait plus. Elle n'avait plus d'identité. Elle inscrivit le prénom de Cathy, son nom, et sa date de naissance, dont elle marquait chaque anniversaire. Elle le fit d'une écriture léchée avec beaucoup d'application. Elle colla le triangle de confidentialité sur la feuille d'examen. Alors son regard erra au-dessus des têtes, devant, derrière, comme une girouette, puis il s'aimanta sur la nuque gracile, la tête blonde penchée. Elle était là.

44

Au fur et à mesure que Lili avait cédé du terrain, un garçon s'était rapproché. Quand elle voulut revenir près de Cathy, le garçon occupait sa place et pas seulement le siège dans le train qui les ramenait le soir d'Aix à Marseille puis dans le bus Marseille-Palance, mais dans le cœur de Cathy, qui ne s'était pas rendu compte que Lili n'était plus là. L'indifférence les avait rapprochées, l'indifférence les éloignait. Et le garçon trouvait normal de trouver cet espace que Lili avait protégé, depuis la petite enfance, de l'attaque des amitiés éphémères, des coups de cœur saisonniers, des chagrins de printemps. Il ne s'émerveillait pas plus que cela de ce cœur en bouton, de l'innocence passionnée de ce premier amour. Il ne s'étonnait pas qu'une pareille jeune fille l'eût attendu puis accueilli avec cette fraîcheur de sentiments. Lili était comme un jardinier qui a préparé son jardin pour en faire le paradis terrestre et qui le voit piétiné par le premier venu. Elle détesta Tony à la première seconde puis le haït à tel point qu'elle s'effaça et disparut de la vie de Cathy pour ne pas souffrir à mort d'un spectacle dégradant.

— Aviez-vous ainsi parlé de Tony à Jeff ? lui demanda la juge alors qu'elle l'entendait comme témoin.

Elle n'avait pas eu besoin de le faire. Jeff avait vu dans quel état il avait mis puis laissé Cathy. Une fille comme elle, abandonnée au profit d'une moins que rien. Mais Tony ne pouvait pas faire la différence entre Cathy et Malou. Il avait choisi Malou. Il était bête, vulgaire, grossier, et tout cela elle l'avait su dès le premier jour.

— Aviez-vous alors averti Cathy ?

Lili eut un mouvement chagriné. Que dire à quelqu'un qui ne veut ni voir ni entendre ? Quand elle était allée lui rendre visite à la clinique à la naissance de Camille-Angelo, Cathy subissait son infortune avec une naïveté d'enfant. « Il ne peut pas me faire ça, pas lui, pas à moi... » Quand elle était venue dans le mobile home, son désespoir était cataclysmique. C'était son premier chagrin d'amour. Elle découvrait le caractère de Tony, son instabilité, sa muflerie, son égoïsme. Au prix de cette révélation, elle redoutait l'avenir et le voyait plus sombre qu'il n'était : le divorce, la garde des enfants. Elle se méfiait de tout, soudain Tony était capable du pire. Elle était perdue, sans repères. Vraiment désespérée.

— Mais en aviez-vous parlé avec Jeff ?

— Il fallait l'aider, ne pas la laisser seule, la protéger. Jeff et moi étions d'accord.

— Et quand vous avez appris la mort de Tony ?

Il faut reconnaître que son premier mouvement avait été de satisfaction, comme si Tony avait reçu une punition de l'au-delà à la mesure du forfait qu'il avait commis. L'idée aussi que désormais Cathy n'aurait plus de soucis. Séparée pour séparée, il vaut mieux l'être d'un mort que d'un homme instable auquel elle resterait liée à cause des enfants. Désormais Cathy était libre de refaire sa vie.

— Mais vous ne l'appelez pas ?

— Je l'ai appelée pendant les vacances de la Toussaint. Mais elle n'a pas décroché. J'ai pensé qu'elle était à la montagne avec les enfants, chez sa mère.

— Vous n'allez pas la voir ?

Elle n'avait pas osé, mais elle avait assisté à l'enterrement de Tony, étonnée que pendant la cérémonie Cathy laisse la première place à Malou et qu'elle se tienne au fond de l'église. Elle allait la rejoindre mais aussitôt elle avait redouté la foule qu'il faudrait traverser pour l'atteindre. Elle avait à nouveau éprouvé le même sentiment de perte que dans l'amphithéâtre quand elle était à sa recherche. L'impression qu'elle n'y arriverait jamais, qu'il était trop tard. Sur la page blanche du registre de condoléances, elle traça le prénom de Cathy.

Entre l'enfance où elle avait enregistré chaque instant et les retrouvailles au moment de la séparation de Cathy et de Tony, Lili ne se rappelait plus avoir vécu. Quinze, vingt ans d'un trou qu'elle n'arrivait pas à combler. Et, quand elle faisait un effort de mémoire, il ne venait que des ombres. Cathy avait été sa vie. Sans Cathy, elle avait survécu puisqu'elle était arrivée jusque-là. Comment était-il possible de s'être passionnée pendant des années pour des broutilles et des enfantillages, de les retenir avec une précision maniaque et puis soudain de ne rien se rappeler, ne plus se reconnaître dans un miroir. Elle coiffait ses cheveux d'enfant avec la même raie et la même barrette sur cette figure méconnaissable au-dessus d'un corps qui n'arrêtait pas d'engraisser.

Est-ce que lorsqu'elle serait vieille elle n'aurait pour tout bagage que des souvenirs où Cathy prendrait la plus grosse part ? Et pour retrouver un sentiment vivant faudrait-il revenir à cette période reculée ? Elle avait dévoré son capital de mémoire au point que son cerveau gorgé de Cathy n'avait plus de place pour les autres. Elle pensait à elle-même comme à une enfant morte trop jeune dont on regrette qu'elle n'ait pas connu l'amour et les joies de la maternité. Elle n'était pas morte, mais n'avait pas plus de vie qu'une morte. Jeff lui avait fait la promesse d'une existence nouvelle. Aussitôt quitté le port de Palance, dans le grand mouvement de la mer, la vie soudain renaîtrait et en prenant pied, là-bas, dans le désert, elle ressentirait la blessure du soleil, si fort qu'elle croirait s'arracher les yeux en regardant les pierres blanches. Oui, elle le sentait, tout reviendrait et il faudrait qu'elle s'accoutume à la force des sensations de cette vie qui affluerait en elle quand le cœur s'emballe, quand le vertige vous fauche.

Elle se rappelait la gare où elle restait tous les soirs, le moutonnement des têtes dans lequel elle guettait celle de Cathy. Elle avait toujours peur de la manquer. Un jour, elle avait cru la reconnaître. Elle avait couru vers elle. La jeune fille qu'elle retenait par la manche s'étonna qu'une femme qui avait presque le double de son âge puisse la prendre pour une amie de fac. Ce jour-là, Lili avait compris que Cathy avait vieilli et qu'elle-même n'était plus une jeune fille. Il y avait des années que Cathy ne prenait plus ce train.

— J'étais tombée en dépression, dit Lili à la juge.

Longtemps, la vie eut le flou et la lenteur des choses sous-marines qui s'agitent mollement et qui s'effacent. À peine rencontrés les êtres disparaissaient, à peine vécus les jours s'agglutinaient aux autres jours. Elle n'était plus sûre d'entendre ou de voir. Seulement certains jours, le froid mordait sa peau et elle levait les yeux vers ce ciel d'hiver si dur, et d'autres fois elle ruisselait de sueur et son odeur la dérangeait.

— Oh ! dit Lili, quand on aime une personne comme j'aimais Cathy, on ne se réjouit pas d'avoir eu raison.

Elle aurait voulu au contraire se tromper. Au moins que la crainte qui l'avait saisie à l'époque de sa nouvelle vie, que le désespoir d'avoir été ainsi mise à l'écart ait servi à quelque chose !

Non, elle ne s'était pas réjouie de récupérer Cathy en larmes. À force, elle avait perdu sa vigilance et cette énergie qu'elle avait concentrée sur son amie. Elle avait passé des années à user sa passion exclusive dans des vétilles. Quand Cathy était revenue, elle n'éprouvait plus rien pour elle, hormis la compassion qu'elle aurait ressentie pour toute femme dans sa situation. Dans sa vie, il y avait désormais Jeff, la casse et ce projet de départ pour Israël. Comment dire à quelqu'un qui pense qu'il retrouvera avec vous les sentiments d'hier que vous ne l'aimez plus, enfin que vous l'aimez moins ? Elle avait passé à Jeff le témoin que sa main ne pouvait plus tenir, qu'à bout de force elle allait laisser tomber. Elle n'avait pas été contrariée qu'il se charge de Cathy...

— Qu'il tue Tony à votre place ?

45

Après Franck, Lili fut mise en garde à vue. L'auto, le fusil, le chien et le tueur, tout venait de chez elle. Son amour pour Cathy était un mobile suffisant. D'après le commissaire, le ressentiment venait de très loin et, fait extraordinaire, cette femme n'avait vécu que pour se venger. Il était persuadé que depuis des années elle venait chercher le tueur idéal à la gare dans le dernier train de Paris.

Elle attendait que la foule se fût écoulée et puis elle regardait ce qui restait : une femme lourdement chargée avec un enfant, des hommes seuls qui étaient arrivés jusque-là parce que le train n'allait pas plus loin. Ils posaient sac à terre et, le regard dans le vide, ils restaient sans bouger. Elle les abordait et leur proposait du travail. Elle n'était jamais repartie seule et n'avait jamais manqué de bras. Mais ils ne restaient pas longtemps. Ils allaient voir ailleurs. Où ? ils ne savaient pas. Qui ? ils savaient encore moins. Mais ni Lili ni la casse ne les retenaient.

Quand elle avait rencontré Jeff, il était différent des hommes de passage. Il avait une histoire dont il parlait volontiers, il avait eu des malheurs qu'il avait surmontés, mais comme eux il était attendu ailleurs. Elle avait décidé que cette fois elle partirait avec lui. Sur les marches de la gare, il lui avait parlé d'Israël comme d'une destination concrète, pas comme d'un rêve devenu inaccessible à force d'avoir été repoussé. Marseille n'était que la première étape pour se refaire avant de prendre un supertanker, un pétrolier géant comme ceux qui croisaient au large de Fos. Ils embarqueraient là-dedans, ils iraient à Port-Saïd. La mer Rouge, la mer Morte, et voici Jérusalem.

Toute sa vie Lili avait voulu voyager, non pour connaître des pays mais pour décamper, casser les ponts, ne jamais revenir. Tous les hommes qu'elle avait recueillis étaient des hommes qui étaient partis et qui repartiraient. Elle savait cette impatience qui leur faisait hâter leur départ qui était moins le désir d'aller quelque part que la hâte de quitter l'endroit où ils étaient. Et ils déménageaient à la cloche de bois. Lili comprenait qu'ils la quittaient moins qu'ils n'abandonnaient l'endroit où ils s'étaient organisé un semblant de vie normale, adresse, boulot et cantine. Et leur départ ravivait la douleur de rester.

Et puis Jeff était arrivé. Son énorme corps où étaient inscrits les noms de ses enfants morts. « Tu as une meilleure tombe que ton propre corps pour tes enfants ? Je les trimballe partout, je sais que je suis avec eux et qu'on ne me les prendra pas. » Ses innombrables aventures, le parachutage sur Kolwezi la nuit, la délivrance du Boeing d'Air France avec le GIGN, et puis cinq années sur le qui-vive dans la garde rapprochée de Mitterrand. Elle rendait les armes. Enfin quelqu'un pour négocier avec les Gitans. Elle entrait dans une histoire, celle de Jeff, qu'elle faisait sienne.

Et pendant qu'elle vendait ses voitures, qu'elle cherchait un repreneur pour la casse, qu'elle liquidait ses affaires, leur projet de voyage avait avorté devant la maison de Cathy. Pendant qu'elle cherchait à partir, il voulait s'incruster, transformer la cabane du jardin en poulailler. Ce n'est pas Tony qu'elle aurait voulu tuer alors, c'est Cathy, qui faisait s'effondrer tous ses rêves.

Elle se rappelait comment elle était restée en rade à la gare, attendant Cathy de train en train pour rentrer avec elle. Ce vide qu'elle avait éprouvé en voyant tous les trains se remplir et partir, l'attitude qu'elle prenait pour n'avoir pas l'air d'attendre et puis le quai vide, la gare déserte. Cathy ne prendrait plus le train, elle avait changé de moyen de transport sans le lui dire. Lili la vit dans la voiture de Tony avec Malou et Franck. À quoi bon revenir à la fac ? Cathy ne se rendit compte de rien, ce n'est que plus tard qu'elle s'étonna que Lili ne soit plus là. Elle la croyait dans une autre section, inscrite dans d'autres TP.

Cathy était comme cela, elle ne tenait aux autres que dans la mesure où les autres tenaient à elle. Elle acceptait sans question qu'ils s'éloignent, s'en aillent, disparaissent. Aucun sentiment de manque. Lili s'en était de nouveau rendu compte le temps de son stage au bureau du contentieux. Son plaisir à l'accueillir, son indifférence à la voir partir. Pareil ces derniers mois, où elle avait été avec elle comme si elles ne s'étaient jamais quittées, puis du jour au lendemain elle ne l'avait plus appelée. Les seules nouvelles venaient de Jeff, abondantes au début, puisqu'il lui rafistolait l'électricité, puis plus rien parce qu'il ne la voyait plus. Cathy avait repris son travail, trouvé une gardienne pour le bébé, se résolvait à divorcer.

Lili s'attendait à un long silence, qu'elle interromprait peut-être elle-même en lui annonçant son départ définitif. Elle verrait l'air étonné de Cathy comme celui qu'elle avait pris quand elle avait compris que Lili n'était pas retournée à la fac ou quand elle l'avait revue à la maternité après une dizaine d'années, présente et continuellement absente. Et puis elle découvrait que Jeff s'était pratiquement installé chez Cathy, qu'il surveillait ses enfants. Alors qu'elle se préparait au départ, il s'organisait pour rester.

46

Après Lili, ce fut Jeff que l'on embarqua. Le désossage de la voiture du crime, l'étalage devant ses yeux des pièces à conviction n'avaient pas entamé son assurance.

– Pourquoi ? demanda-t-il.

– Pourquoi !

Les hostilités étaient engagées. Il dit que depuis qu'il était sorti de prison il se tenait tranquille. Ils lui parlèrent de Tony. Il nia. Il les balada : Israël, Kolwezi, les services spéciaux, puis, le temps passant, il se montra de plus en plus agité, de plus en plus anxieux. Soufflant, transpirant, pâle comme s'il allait tourner de l'œil. Au bord du malaise. Alors que minuit sonnait et qu'en attendant de reprendre l'interrogatoire on allait le mettre en cellule, il parla du chien qui n'avait pas mangé de la journée et qui l'attendait.

– Où est-il ? demandèrent les policiers.

Ils prirent une auto, embarquèrent Jeff et se

dirigèrent où il les conduisait. À la maison de la plage. Le portail était cadenassé mais Jeff les fit passer par le portillon de bois qui donnait sur les rochers. Il leur montra la cabane dont la porte était calée par des caisses et des moellons.

– Touche pas, dirent les policiers.

Ils appelèrent du renfort. Le quartier s'animait, les maisons s'éclairaient une à une, les gens sortaient sur le pas de leur porte. Les voitures de police arrivaient de partout. La nuit était bleue de gyrophares.

Après avoir vérifié qu'elle n'était pas piégée, les renforts dégagèrent la porte de la cabane. Alors ils virent un grand chien aux yeux phosphorescents, le museau entouré de chatterton, qui tremblait sur ses pattes et qui, voyant tant de lumière, entendant tant de bruit, rampait pour se cacher dans l'ombre. Jeff se précipita.

– Bouge pas, dirent les policiers. Ne le touche pas.

De nouveaux renforts, la fourrière et un vétérinaire. Une lutte désespérée, des râles, le crissement des griffes sur le béton, le chien extirpé de la cache par un nœud coulant et enfourné dans une cage.

– Il est tout à fait dingo, dit un policier. On retourne au commissariat et tu vas nous raconter tout depuis le début.

– Qu'est-ce que vous allez faire de lui ? demanda Jeff.

– On s'en occupe, dit le flic.
– Vous allez pas lui faire du mal ?
L'homme pleurait.
– On est chez qui ici ?
Le policier pensait à une maison inoccupée le temps des vacances.
– Chez Cathy, répondit Jeff.
– Cathy ? Catherine Sorbier ? La femme d'Antoine Sorbier ?
Nouveau branle-bas de combat, on sonne, on frappe, on ébranle la porte, on l'enfonce.
L'eau noyait le rez-de-chaussée, elle coulait le long de l'escalier au milieu des fils électriques épars. Le policier qui témoignait devant la juge raconta qu'il était monté une lampe torche à la main. Dans la salle de bains, la baignoire débordait. Il y avait un corps qui ne bougeait pas. Il pensa que la femme était morte. Quand il dirigea la torche sur son visage, elle ferma les yeux. Il l'appelait mais elle ne bougeait pas. Elle était vêtue d'une longue robe de mariée.
La prenant dans ses bras, le policier pensa qu'il sauvait une victime. La femme avait été laissée pour morte. Vite, les pompiers, l'ambulance. De temps en temps, elle ouvrait les yeux et puis elle repartait, elle s'enfonçait de plus en plus. Il ne la lâcha que lorsque l'équipe médicale la prit en charge. Couverture de survie, oxygène, goutte-à-goutte, civière. Sirènes hurlantes.

Alors il ouvrit les volets. C'était une belle nuit et il fit le constat que l'automne avait à peine touché les arbres. Il regarda au bout du jardin l'agave et sa lourde fleur blanche qui éclairait la mer. Il se rappela que c'était une plante qui ne donnait qu'une seule fleur, l'effort de toute une vie et qui mourait ensuite. Il avait sauvé une femme, découvert un assassin et résolu une affaire. Attendri et reconnaissant, il sentit l'amour de son métier l'envahir. Une légère émotion le recouvrait comme une buée, quelque chose de fin et de subtil qui était la récompense de ce métier de brute que plus personne n'avait le courage de faire. L'ordre et la paix, le calme, la belle, si belle justice. Ce qu'il prit dans la gueule après, c'était sa faute. Il avait trop vite baissé les armes et défait l'armure.

Il allait accueillir l'équipe scientifique pour commencer les investigations quand, dans un coin de la lingerie, son attention fut attirée par un sac de sport portant le sigle d'une marque d'équipement de plongée, un dauphin bleu clair surgissant de trois traits du même bleu. Il l'ouvrit et aussitôt le referma. Au légiste qui le rejoignit, il dit :

– Cette affaire, croyez-moi, ce sera le huis clos.

Et dans le bureau de la juge, devant Cathy, qu'il ne voulait pas regarder, qu'il ne pouvait pas regarder, il se rappelait le poids du sac qu'il avait porté lui-même dans l'ambulance, incroyablement léger, presque vide. Ce qui lui faisait mal, c'est qu'au début il avait pris pitié de la femme, de cette femme-là. Il ne pouvait pas prononcer le nom de Cathy. Il avait cru que le malfrat qui avait enfermé le chien avait aussi séquestré la femme et qu'il avait été plus soucieux d'apporter à boire et à manger au chien que de la secourir. Quand il avait découvert le corps du bébé dans le sac de sport, il avait aussitôt pensé que c'était Jeff qui l'avait tué. Il avait résisté de toutes ses forces à l'idée qu'elle était peut-être la coupable. Mais le doute était là.

Il s'adressait directement à la juge, cherchant dans ses yeux quelque chose qui le rassurerait, quelque chose qui l'apaiserait. Un signe, pour qu'elle lui fasse comprendre – parce qu'elle était une femme – que les femmes étaient douces, sages, raisonnables, et que le monde serait mieux gouverné par elles que par les hommes. Tout ce qu'on lui avait raconté et qu'il ne croyait qu'à demi. Le soupçon mettait à mal ses fragiles illusions et menaçait la mince confiance qu'il accordait au sexe faible. Il dit à la juge :

— C'est curieux comme les gens sont le contraire de ce qu'ils prétendent être. Cette femme-là qui ne vivait que pour le linge propre dans une odeur de verveine, à ce qu'on dit.

Cette femme qui passait son temps à laver et à repasser, à ranger, je l'ai trouvée dans une maison dévastée, au milieu d'un monceau de linges souillés, dans une odeur de mort à soulever le cœur. Cette femme-là en robe de mariée !

Avec une euphorie amère et désespérée, Cathy songeait que sa robe était devenue une pièce à conviction. Le jour de son procès devant Palance rassemblé, sa mère, Olivier, Malou, Franck, le crapaud, la stagiaire, la concierge, le comptable, la boulangère et la molle pharmacienne, plus toutes les caissières du supermarché, la dame au bouledogue peut-être, les journalistes de la presse écrite et parlée c'est sûr, devant les télévisions du monde entier, on exhiberait la robe souillée, tachée et déchirée, les appariteurs – il en faudrait deux au moins – la déploieraient en la tenant de toute la largeur de leurs bras écartés pour la montrer aux jurés. Ils verraient tous, ils verraient ce que Tony avait fait de leur mariage et à quoi tenaient les serments d'amour !

47

Dans le parking du palais de justice, la juge gara sa voiture à côté de celle de l'avocat de Cathy. C'était pur hasard. Ils claquèrent ensemble leurs portières et l'avocat se dit qu'ils auraient exactement sept minutes pour traverser côte à côte le parking, appeler puis prendre l'ascenseur, se diriger du même pas pressé vers le bureau où elle les avait tous convoqués. Sept minutes pour la faire fléchir en faveur de Cathy, avant l'ordonnance de renvoi qui, l'officialisant, rendrait la décision de la juge irrévocable.

Ils étaient plongés jusqu'au cou, elle et lui, dans l'affaire, avec l'impossibilité dans cette phase de penser à rien d'autre. Car l'esprit de la juge comme le sien étaient absorbés par tous les détails que l'instruction avait mis au jour. Tony, Jeff, Malou, Cathy et Lili étaient plus présents dans leurs vies que leur famille ou leurs amis et il en serait ainsi jusqu'au procès où, brusquement, le verdict rendu, les choses se déferaient.

Ils étaient comme une troupe de théâtre en tournée, antagonistes, presque rivaux, et pourtant liés les uns aux autres, obligés de faire bonne figure. L'affaire était entrée dans leurs vies mais leurs vies avaient contaminé l'affaire. Ils n'étaient pas devant un problème mathématique ou une équation bien posée, comme la justice tend à le faire croire avec son code et ses procédures, mais devant une énigme humaine où chacun réagissait en fonction du poids de son propre passé et de ses faiblesses cachées. Il n'y avait pas un innocent et un coupable mais des innocences et des culpabilités à profil variable.

Il lui dit comme une généralité combien les histoires étaient plus obscures que leur apparence. La juge se taisait. Il continua :

— La justice ne fait pas la lumière, elle ne va pas jusqu'aux racines du crime. Si vous jugez une femme qui avec la complicité de son amant a tué son mari, vous jugez quelque chose qui n'existe pas. Ce qu'il faudrait juger, c'est l'histoire de deux petites filles qui ont été amies jusqu'au jour où un homme les a séparées en épousant l'une d'entre elles. La coupable n'est plus Cathy et le meurtrier n'est plus Jeff. La coupable est Lili, et Jeff n'est que l'instrument qui a tué Tony. Comme on ne peut pas juger Lili parce qu'elle est objectivement innocente, on juge Cathy et on condamne Jeff, qui est le plus innocent de tous. On devrait aussi condamner le fusil, la voiture, le chien...

Il faut se méfier du chagrin des petites filles, il est l'arme secrète des femmes. Une femme vous blesse, vous abandonne, vous tue, parce que le chagrin endormi se réveille et parce que soudain elle a trop mal.

— Alors, dit la juge tout en appuyant sur le bouton appel de l'ascenseur, on ne rendrait plus la justice. Si vous cherchez Lili au fond des intentions de Cathy et de l'acte de Jeff, il faudrait savoir pourquoi Lili a eu cette enfance de chien abandonné qui se donne un maître, en l'occurrence une maîtresse, et décide de mourir d'amour pour elle. Qui dois-je inculper : la mère de Lili, qui n'apparaît jamais, ou le père ferrailleur, qui l'a élevée au milieu des truands et lui fait choisir presque à coup sûr un marginal comme compagnon ? Quelles excuses trouver à une femme qui tue son enfant, un tout petit bébé, pour se venger du mari qu'elle a déjà fait exécuter ? Outrage à ego surdimensionné ? Incapacité à vivre dans son époque avec son temps ? Intégrisme social, morale réactionnaire ?

— Il n'est pas question de « rendre la justice » parce que ni vous ni moi ne la rendons. Quand vous interrompez une confidence parce qu'elle tombe à côté et que vous dites : « Les faits, les faits, revenez aux faits », vous abandonnez la justice. Vous recentrez le débat mais vous vous écartez de la justice. La justice se fait plus dans la salle des pas perdus que dans la salle d'audience ou dans votre bureau. Elle se dévoile quand la parole se libère, pas lorsqu'elle est contenue par le rituel et les règlements que l'on rappelle à tout bout de champ...

La juge s'était raidie, elle regardait fixement devant elle.

— Pourquoi ne voulez-vous pas m'écouter ? Que risquez-vous à m'écouter ? Je ne vous influence pas. Je ne vous parle pas de cette affaire mais d'une autre, que j'ai vécue dans la salle d'audience, et surtout en dehors, quand les accusés, les témoins, la famille refont le procès. Dans la salle d'audience, il est question d'une femme bien sous tous rapports qui abat son mari alcoolique et violent d'une balle dans la nuque. Dans la salle des pas perdus, le père de cette femme raconte à qui veut l'entendre, geste à l'appui, que pendant l'Occupation il a exécuté des soldats allemands d'une balle dans la nuque. Il exhibe sa médaille de la Résistance. Tous les dimanches, au cours du repas dominical, la jeune femme a pris des cours de tir au pistolet. Je pointe, je vise, je tire. Admiration de la tablée pour le héros tueur de Boches. Dans la salle d'audience, on ne s'est même pas inquiété de la provenance du revolver.

— C'était ?

— Le même évidemment. Elle a été acquittée.

— Vous voyez.

— Mais elle n'a pas été acquittée pour les justes raisons.

— Si Jeff est innocent, dit la juge, si Lili est innocente, si Cathy est innocente, alors qui est coupable ?

— Faut-il un coupable ? demanda l'avocat. Est-ce qu'on accuse le rocher qui dévale de la colline et écrase tout sur son passage ? Est-ce qu'on met en accusation le gel, le soleil, l'orage ? Je vais vous dire, il y a eu un énorme chagrin qui s'est formé dans la nuit des temps, un énorme chagrin qui s'est nourri de celui de Lili, de Cathy et de Jeff — c'est bien connu, les chagrins s'attirent — et qui a éclaté sur Tony. Que Tony quitte Cathy sans qu'intervienne Jeff, il ne se passe rien. Que Jeff arrive à Marseille et qu'il ne trouve pas Lili, il ne se passe rien. Mais que Lili présente Jeff à Cathy et la tragédie fatalement s'accomplit.

Ils étaient arrivés devant la porte de son bureau. Il n'avait rien à perdre. Soudain il la tutoya :

— Est-ce que tu t'es mariée ?

— Non, fit la juge, et je n'ai pas eu d'enfant non plus.

DU MÊME AUTEUR

Aux Éditions Gallimard

OUREGANO, *roman*, 1980. Prix Valery-Larbaud (Folio n° 1623)

PROPRIÉTÉ PRIVÉE, *roman*, 1981 (Folio n° 2115)

BALTA, *roman*, 1983 (Folio n° 1783)

UN MONDE À L'USAGE DES DEMOISELLES, *essai*, 1987. Prix de l'Essai de l'Académie française (Folio n° 3807)

WHITE SPIRIT, *roman*, 1989. Prix François-Mauriac, prix Lutèce 1990, prix du Sud-Jean Baumel 1990, Grand Prix du roman de l'Académie française 1990 (Folio n° 2364)

LE GRAND GHÂPAL, *roman*, 1991 (Folio n° 2520)

LA FILLE DU GOBERNATOR, *roman*, 1994 (Folio n° 2864)

CONFIDENCE POUR CONFIDENCE, *roman*, 1998. Prix Goncourt (Folio n° 3349)

SUCRE ET SECRET, *roman*, 2003 (Folio n° 4090)

LA BÊTE À CHAGRIN, *roman*, 2007 (Folio n° 4715)

COLLECTION FOLIO

Dernières parutions

4366. Michel tournier — *Le bonheur en Allemagne?*
4367. Stephen Vizinczey — *Éloge des femmes mûres.*
4368. Byron — *Dom Juan.*
4369. J.-B. Pontalis — *Le Dormeur éveillé.*
4370. Erri De Luca — *Noyau d'olive.*
4371. Jérôme Garcin — *Bartabas, roman.*
4372. Linda Hogan — *Le sang noir de la terre.*
4373. LeAnne Howe — *Équinoxes rouges.*
4374. Régis Jauffret — *Autobiographie.*
4375. Kate Jennings — *Un silence brûlant.*
4376. Camille Laurens — *Cet absent-là.*
4377. Patrick Modiano — *Un pedigree.*
4378. Cees Nooteboom — *Le jour des Morts.*
4379. Jean-Chistophe Rufin — *La Salamandre.*
4380. W. G. Sebald — *Austerlitz.*
4381. René Belletto — *La machine.*
4382. Philip Roth — *La contrevie.*
4383. Antonio Tabucchi — *Requiem.*
4384. Antonio Tabucchi — *Le fil de l'horizon.*
4385. Antonio Tabucchi — *Le jeu de l'envers.*
4386. Antonio Tabucchi — *Tristano meurt.*
4387. Boileau-Narcejac — *Au bois dormant.*
4388. Albert Camus — *L'été.*
4389. Philip K. Dick — *Ce que disent les morts.*
4390. Alexandre Dumas — *La dame pâle.*
4391. Herman Melville — *Les Encantadas, ou Îles Enchantées.*
4392. Pidansat de Mairobert — *Confession d'une jeune fille.*
4393. Wang Chong — *De la mort.*
4394. Marguerite Yourcenar — *Le Coup de Grâce.*
4395. Nicolas Gogol — *Une terrible vengeance.*
4396. Jane Austen — *Lady Susan.*
4397. Annie Ernaux/Marc Marie — *L'usage de la photo.*
4398. Pierre Assouline — *Lutetia.*

4399. Jean-François Deniau — *La lune et le miroir.*
4400. Philippe Djian — *Impuretés.*
4401. Javier Marías — *Le roman d'Oxford.*
4402. Javier Marías — *L'homme sentimental.*
4403. E. M. Remarque — *Un temps pour vivre, un temps pour mourir.*
4404. E. M. Remarque — *L'obélisque noir.*
4405. Zadie Smith — *L'homme à l'autographe.*
4406. Oswald Wynd — *Une odeur de gingembre.*
4407. G. Flaubert — *Voyage en Orient.*
4408. Maupassant — *Le Colporteur* et autres nouvelles.
4409. Jean-Loup Trassard — *La déménagerie.*
4410. Gisèle Fournier — *Perturbations.*
4411. Pierre Magnan — *Un monstre sacré.*
4412. Jérôme Prieur — *Proust fantôme.*
4413. Jean Rolin — *Chrétiens.*
4414. Alain Veinstein — *La partition.*
4415. Myriam Anissimov — *Romain Gary, le caméléon.*
4416. Bernard Chapuis — *La vie parlée.*
4417. Marc Dugain — *La malédiction d'Edgar.*
4418. Joël Egloff — *L'étourdissement.*
4419. René Frégni — *L'été.*
4420. Marie NDiaye — *Autoportrait en vert.*
4421. Ludmila Oulitskaïa — *Sincèrement vôtre, Chourik.*
4422. Amos Oz — *Ailleurs peut-être.*
4423. José Miguel Roig — *Le rendez-vous de Berlin.*
4424. Danièle Sallenave — *Un printemps froid.*
4425. Maria Van Rysselberghe — *Je ne sais si nous avons dit d'impérissables choses.*
4426. Béroalde de Verville — *Le Moyen de parvenir.*
4427. Isabelle Jarry — *J'ai nom sans bruit.*
4428. Guillaume Apollinaire — *Lettres à Madeleine.*
4429. Frédéric Beigbeder — *L'Égoïste romantique.*
4430. Patrick Chamoiseau — *À bout d'enfance.*
4431. Colette Fellous — *Aujourd'hui.*
4432. Jens Christian Grøndhal — *Virginia.*
4433. Angela Huth — *De toutes les couleurs.*
4434. Cees Nooteboom — *Philippe et les autres.*
4435. Cees Nooteboom — *Rituels.*
4436. Zoé Valdés — *Louves de mer.*

4471.	Françoise Chandernagor	*L'enfant des Lumières.*
4472.	Jonathan Coe	*La Femme de hasard.*
4473.	Philippe Delerm	*Le bonheur.*
4474.	Pierre Magnan	*Ma Provence d'heureuse rencontre.*
4475.	Richard Millet	*Le goût des femmes laides.*
4476.	Pierre Moinot	*Coup d'État.*
4477.	Irène Némirovsky	*Le maître des âmes.*
4478.	Pierre Péju	*Le rire de l'ogre.*
4479.	Antonio Tabucchi	*Rêves de rêves.*
4480.	Antonio Tabucchi	*L'ange noir.* (à paraître)
4481.	Ivan Gontcharov	*Oblomov.*
4482.	Régine Detambel	*Petit éloge de la peau.*
4483.	Caryl Férey	*Petit éloge de l'excès.*
4484.	Jean-Marie Laclavetine	*Petit éloge du temps présent.*
4485.	Richard Millet	*Petit éloge d'un solitaire.*
4486.	Boualem Sansal	*Petit éloge de la mémoire.*
4487.	Alexandre Dumas	*Les Frères corses.* (à paraître)
4488.	Vassilis Alexakis	*Je t'oublierai tous les jours.*
4489.	René Belletto	*L'enfer.*
4490.	Clémence Boulouque	*Chasse à courre.*
4491.	Giosuè Calaciura	*Passes noires.*
4492.	Raphaël Confiant	*Adèle et la pacotilleuse.*
4493.	Michel Déon	*Cavalier, passe ton chemin!*
4494.	Christian Garcin	*Vidas* suivi de *Vies volées.*
4495.	Jens Christian Grøndahl	*Sous un autre jour.*
4496.	Régis Jauffret	*Asiles de fous.*
4497.	Arto Paasilinna	*Un homme heureux.*
4498.	Boualem Sansal	*Harraga.*
4499.	Quinte-Curce	*Histoire d'Alexandre.*
4500.	Jérôme Garcin	*Cavalier seul.*
4501.	Olivier Barrot	*Décalage horaire.*
4502.	André Bercoff	*Retour au pays natal.*
4503.	Arnaud/Barillé/ Cortanze/Maximin	*Paris Portraits.*
4504.	Alain Gerber	*Balades en jazz.*
4505.	David Abiker	*Le musée de l'homme.*
4506.	Bernard du Boucheron	*Coup-de-Fouet.*
4507.	Françoise Chandernagor	*L'allée du Roi.*
4508.	René Char	*Poèmes en archipel.*
4509.	Sophie Chauveau	*Le rêve Botticelli.*

4510.	Benoît Duteurtre	*La petite fille et la cigarette.*
4511.	Hédi Kaddour	*Waltenberg.*
4512.	Philippe Le Guillou	*Le déjeuner des bords de Loire.*
4513.	Michèle Lesbre	*La Petite Trotteuse.*
4514.	Edwy Plenel	*Procès.*
4515.	Pascal Quignard	*Sordidissimes. Dernier Royaume, V.*
4516.	Pascal Quignard	*Les Paradisiaques. Dernier Royaume, IV.*
4517.	Danièle Sallenave	*La Fraga.*
4518.	Renée Vivien	*La Dame à la louve.*
4519.	Madame Campan	*Mémoires sur la vie privée de Marie-Antoinette.*
4520.	Madame de Genlis	*La Femme auteur.*
4521.	Elsa Triolet	*Les Amants d'Avignon.*
4522.	George Sand	*Pauline.*
4523.	François Bégaudeau	*Entre les murs.*
4524.	Olivier Barrot	*Mon Angleterre. Précis d'Anglopathie.*
4525.	Tahar Ben Jelloun	*Partir.*
4526.	Olivier Frébourg	*Un homme à la mer.*
4527.	Franz-Olivier Giesbert	*Le sieur Dieu.*
4528.	Shirley Hazzard	*Le Grand Incendie.*
4529.	Nathalie Kuperman	*J'ai renvoyé Marta.*
4530.	François Nourissier	*La maison Mélancolie.*
4531.	Orhan Pamuk	*Neige.*
4532.	Michael Pye	*L'antiquaire de Zurich.*
4533.	Philippe Sollers	*Une vie divine.*
4534.	Bruno Tessarech	*Villa blanche.*
4535.	François Rabelais	*Gargantua.*
4536.	Collectif	*Anthologie des humanistes européens de la renaissance.*
4537.	Stéphane Audeguy	*La théorie des nuages.*
4538.	J. G. Ballard	*Crash !*
4539.	Julian Barnes	*La table citron.*
4540.	Arnaud Cathrine	*Sweet home.*
4541.	Jonathan Coe	*Le cercle fermé.*
4542.	Frank Conroy	*Un cri dans le désert.*
4543.	Karen Joy Fowler	*Le club Jane Austen.*
4544.	Sylvie Germain	*Magnus.*
4545.	Jean-Noël Pancrazi	*Les dollars des sables.*

4546.	Jean Rolin	*Terminal Frigo.*
4547.	Lydie Salvayre	*La vie commune.*
4548.	Hans-Ulrich Treichel	*Le disparu.*
4549.	Amaru	*La Centurie. Poèmes amoureux de l'Inde ancienne.*
4550.	Collectif	*«Mon cher papa...» Des écrivains et leur père.*
4551.	Joris-Karl Huysmans	*Sac au dos* suivi de *À vau l'eau.*
4552.	Marc-Aurèle	*Pensées (Livres VII-XII).*
4553.	Valery Larbaud	*Mon plus secret conseil...*
4554.	Henry Miller	*Lire aux cabinets.*
4555.	Alfred de Musset	*Emmeline.*
4556.	Irène Némirovsky	*Ida* suivi de *La comédie bourgeoise.*
4557.	Rainer Maria Rilke	*Au fil de la vie.*
4558.	Edgar Allan Poe	*Petite discussion avec une momie et autres histoires extraordinaires.*
4559.	Madame de Duras	*Ourika. Édouard. Olivier ou le Secret.*
4560.	François Weyergans	*Trois jours chez ma mère.*
4561.	Robert Bober	*Laissées-pour-compte.*
4562.	Philippe Delerm	*La bulle de Tiepolo.*
4563.	Marie Didier	*Dans la nuit de Bicêtre.*
4564.	Guy Goffette	*Une enfance lingère.*
4565.	Alona Kimhi	*Lily la tigresse.*
4566.	Dany Laferrière	*Le goût des jeunes filles.*
4567.	J.M.G. Le Clézio	*Ourania.*
4568.	Marie Nimier	*Vous dansez?*
4569.	Gisèle Pineau	*Fleur de Barbarie.*
4570.	Nathalie Rheims	*Le Rêve de Balthus.*
4571.	Joy Sorman	*Boys, boys, boys.*
4572.	Philippe Videlier	*Nuit turque.*
4573.	Jane Austen	*Orgueil et préjugés.*
4574.	René Belletto	*Le Revenant.*
4575.	Mehdi Charef	*À bras-le-cœur.*
4576.	Gérard de Cortanze	*Philippe Sollers. Vérités et légendes.*
4577.	Leslie Kaplan	*Fever.*
4578.	Tomás Eloy Martínez	*Le chanteur de tango.*

4579. Harry Mathews — *Ma vie dans la CIA.*
4580. Vassilis Alexakis — *La langue maternelle.*
4581. Vassilis Alexakis — *Paris-Athènes.*
4582. Marie Darrieussecq — *Le Pays.*
4583. Nicolas Fargues — *J'étais derrière toi.*
4584. Nick Flynn — *Encore une nuit de merde dans cette ville pourrie.*
4585. Valentine Goby — *L'antilope blanche.*
4586. Paula Jacques — *Rachel-Rose et l'officier arabe.*
4587. Pierre Magnan — *Laure du bout du monde.*
4588. Pascal Quignard — *Villa Amalia.*
4589. Jean-Marie Rouart — *Le Scandale.*
4590. Jean Rouaud — *L'imitation du bonheur.*
4591. Pascale Roze — *L'eau rouge.*
4592. François Taillandier — *Option Paradis. La grande intrigue, I.*
4593. François Taillandier — *Telling. La grande intrigue, II.*
4594. Paula Fox — *La légende d'une servante.*
4595. Alessandro Baricco — *Homère, Iliade.*
4596. Michel Embareck — *Le temps des citrons.*
4597. David Shahar — *La moustache du pape* et autres nouvelles.
4598. Mark Twain — *Un majestueux fossile littéraire* et autres nouvelles.
4600. Tite-Live — *Les Origines de Rome.*
4601. Jerome Charyn — *C'était Broadway.*
4602. Raphaël Confiant — *La Vierge du Grand Retour.*
4603. Didier Daeninckx — *Itinéraire d'un salaud ordi naire.*
4604. Patrick Declerck — *Le sang nouveau est arrivé. L'horreur SDF.*
4605. Carlos Fuentes — *Le Siège de l'Aigle.*
4606. Pierre Guyotat — *Coma.*
4607. Kenzaburô Ôé — *Le faste des morts.*
4608. J.-B. Pontalis — *Frère du précédent.*
4609. Antonio Tabucchi — *Petites équivoques sans importance.*
4610. Gonzague Saint Bris — *La Fayette.*
4611. Alessandro Piperno — *Avec les pires intentions.*
4612. Philippe Labro — *Franz et Clara.*

4613. Antonio Tabucchi	*L'ange noir.*
4614. Jeanne Herry	*80 étés.*
4615. Philip Pullman	*Les Royaumes du Nord. À la croisée des mondes, I.*
4616. Philip Pullman	*La Tour des Anges . À la croisée des mondes, II.*
4617.Philip Pullman	*Le Miroir d'Ambre. À la croisée des mondes, III.*
4618. Stéphane Audeguy	*Petit éloge de la douceur.*
4619. Éric Fottorino	*Petit éloge de la bicyclette.*
4620. Valentine Goby	*Petit éloge des grandes villes.*
4621. Gaëlle Obiégly	*Petit éloge de la jalousie.*
4622. Pierre Pelot	*Petit éloge de l'enfance.*
4623. Henry Fielding	*Histoire de Tom Jones.*
4624. Samina Ali	*Jours de pluie à Madras.*
4625. Julian Barnes	*Un homme dans sa cuisine.*
4626. Franz Bartelt	*Le bar des habitudes.*
4627. René Belletto	*Sur la terre comme au ciel.*
4628. Thomas Bernhard	*Les mange-pas-cher.*
4629. Marie Ferranti	*Lucie de Syracuse.*
4630. David McNeil	*Tangage et roulis.*
4631. Gilbert Sinoué	*La reine crucifiée*
4632. Ted Stanger	*Sacrés Français ! Un Américain nous regarde.*
4633. Brina Svit	*Un cœur de trop.*
4634. Denis Tillinac	*Le venin de la mélancolie.*
4635. Urs Widmer	*Le livre de mon père.*
4636. Thomas Gunzig	*Kuru.*
4637. Philip Roth	*Le complot contre l'Amérique.*
4638. Bruno Tessarech	*La femme de l'analyste.*
4639. Benjamin Constant	*Le Cahier rouge.*
4640. Carlos Fuentes	*La Desdichada.*
4641. Richard Wright	*L'homme qui a vu l'inondation* suivi de *Là-bas, près de la rivière.*
4642. Saint-Simon	*La Mort de Louis XIV.*
4643. Yves Bichet	*La part animale.*
4644. Javier Marías	*Ce que dit le majordome.*
4645. Yves Pagès	*Petites natures mortes au travail.*
4646. Grisélidis Réal	*Le noir est une couleur.*
4647. Pierre Senges	*La réfutation majeure.*

4648. Gabrielle Wittkop	*Chaque jour est un arbre qui tombe.*
4649. Salim Bachi	*Tuez-les tous.*
4650. Michel Tournier	*Les vertes lectures.*
4651. Virginia Woolf	*Les Années.*
4652. Mircea Eliade	*Le temps d'un centenaire* suivi de *Dayan.*
4653. Anonyme	*Une femme à Berlin. Journal 20 avril-22 juin 1945.*
4654. Stéphane Audeguy	*Fils unique.*
4655. François Bizot	*Le saut du Varan.*
4656. Pierre Charras	*Bonne nuit, doux prince.*
4657. Paula Fox	*Personnages désespérés.*
4658. Angela Huth	*Un fils exemplaire.*
4659. Kazuo Ishiguro	*Auprès de moi toujours.*
4660. Luc Lang	*La fin des paysages.*
4661. Ian McEwan	*Samedi.*
4662. Olivier et Patrick Poivre d'Arvor	*Disparaître.*
4663. Michel Schneider	*Marilyn dernières séances.*
4664. Abbé Prévost	*Manon Lescaut.*
4665. Cicéron	*«Le bonheur dépend de l'âme seule».* Tusculanes, *livre V.*
4666. Collectif	*Le pavillon des Parfums-Réunis.* et autres nouvelles chinoises des Ming.
4667. Thomas Day	*L'automate de Nuremberg.*
4668. Lafcadio Hearn	*Ma première journée en Orient* suivi de *Kizuki le sanctuaire le plus ancien du Japon.*
4669. Simone de Beauvoir	*La femme indépendante.*
4670. Rudyard Kipling	*Une vie gaspillée* et autres nouvelles.
4671. D. H. Lawrence	*L'épine dans la chair* et autres nouvelles.
4672. Luigi Pirandello	*Eau amère.* et autres nouvelles.
4673. Jules Verne	*Les révoltés de la Bounty* suivi de *maître Zacharius.*
4674. Anne Wiazemsky	*L'île.*
4675. Pierre Assouline	*Rosebud.*